나는 아직도 스님이 되고 싶다

나는 아직도 스님이 되고 싶다

1판 1쇄 발행 2018년 5월 8일   ISBN 978-89-5866-357-7 (03810)

■ **지은이** | 최인호   **펴낸이** | 김성봉 서경현   마케팅 팀장 | 김태윤   **디자인** | 신유민   **총괄기획** | 김미선 배호진 이윤희 주상욱

■ **펴낸곳** | ㈜여백미디어   **등록** | 1998년 12월 4일 제 03-01419호

■ **주소** | 서울시 용산구 독서당로 132 [04420]   ■ **전화** | 02-798-2296   **이메일** | iyeo100@hanmail.net

● 이 도서의 국립중앙도서관 출판예정도서목록(CIP)은 서지정보유통지원시스템 홈페이지(http://seoji.nl.go.kr)와 국가자료
공동목록시스템(http://www.nl.go.kr/kolisnet)에서 이용하실 수 있습니다. (CIP제어번호 : CIP2018011798)

나는 아직도
스님이 되고 싶다

최인호 지음

여백

차
례

| 들어가기 | 8

숨어 있는 부처님   18

더 깊은 청산靑山으로   28

눈 쌓인 히말라야로 가자   37

불목하니의 인정   43

나는 스님이 되고 싶다   53

가톨릭적 불교주의자   59

윤회輪廻와 업業   69

경허 선사의 해탈법문   75

흙 한줌 속의 비밀   92

마음의 눈   101

부끄러움의 옷 110

바위의 조용한 침묵 118

무진등無盡燈을 찾아서 126

회양懷讓 화상의 기왓장 137

육신은 상처와 같다 149

세 가지 깨달음 158

동산한서洞山寒暑 168

마지막 작별 인사 178

산중인山中人 187

유아독존唯我獨尊의 존재 196

진리는 하나다 206

남에게 입은 은혜를 기억하라 216

나의 환인향幻人鄕 225

천진불天眞佛 233

부처님은 집안에 있다 245

일상에서 도道를 배우다 254

일곱 종류의 아내 264

가면의 생生 274

살아있는 물건을 주어라 283

깃발이 휘날리는 까닭 291

종교는 곧 친절이다 299

바보선사의 혼잣말 308

중생의 병이 나으면 보살도 병이 낫는다 317

벼랑 끝으로 오라 327

❀　❀　❀

《월간 해인海印》지에 게재했던 짧은 수필 '나는 스님이 되고 싶다'가 생각지도 않게 큰 반향을 일으켰다. 그리 특별한 내용도 아니었는데…

　어떤 신문에서는 그 수필의 전문이 재수록되었는가 하면, 또 어떤 여성지에서는 그 내용을 다시 싣고 이에 관한 인터뷰를 하자는 요청이 들어오기도 했었다. 여성지의 속성을 잘 알고 있는 나로서는 공연히 '소설가 최인호 머리 깎고 스님이 되다'라는 식의 호기심을 자극하는 내용으로 과장될까 재삼재사 고사하였는데 어느 날, J신문 종교담당 기자로부터 전화가 걸려왔다. 내용인즉 그 수필이 화제가 되고 있는데 잘 알려진 독실한 가톨릭 신자로서 굳이 불교의 스님이 되고 싶다는 이유가 뭐냐고 물어오는 것이었다. 그래서 내가 대답했다.

　내가 가톨릭 신자건 기독교 신자건 내가 좋아서 머리 깎고 먹물 입은 중노릇하고 싶다는데 그게 무슨 대수냐. 나는 정말 스님이 되고 싶다. 스님 중에서도 땡중이 아니라 진짜 중, 면도날처럼 기가 살아 있는 중, 생사의 허물을 벗기 위해서 백척간두에 홀로 서서 한 발자국 더 나아가는 시퍼런 중, 한참을 살다가 언제 가는지도 전혀 모르게 대숲을 지나는 바람처럼 왔다가 물 위에 비친 기러기처럼 사라지는 중, 법문이고 나발이고 누가 물으면 그저 천치처럼 살다가 잠시 나와 노는 세상이 너무나 아름다워 혼자서 물에 비친 얼굴 들여다보면서 빙그레 웃는 그런 중이 되고 싶다고 말해주고는 공연히 그런 기사를 낼 필요가 없으니 그만둡시다라는 식으로 얼버무렸던 적이 있었다.

그렇다. 나는 가톨릭 신자다. 그리고 나는 여전히 불교에 심취해 있다. 왜냐하면 내 정신의 아버지가 가톨릭이라면 내 영혼의 어머니는 불교이기 때문이다. 그런 의미에서 나는 '가톨릭적 불교주의자'라고 나 자신을 부르고 싶다.

실제로 나는 머리를 깎고 '스님이 되고 싶다'는 꿈을 가진 적이 있었다. 도반道伴이었던 무법無法 스님에게서 승복을 뺏어 입고 탐욕과 쾌락이 네온처럼 번쩍이는 환락의 밤거리를 밀짚모자를 쓴 채 걸어 보기도 했었다. 아무도 내 모습을 알아채는 이가 없었다.

법정法頂 스님이 어느 수필에 썼었던가.

처음으로 출가를 결심하고 효봉曉峯 스님으로부터 허락을 받은 후 승복을 입고 거리로 나설 때 가슴속에서부터 환희가 솟구쳐 올랐다고.

승복을 입고 걷는 내 마음에도 알 수 없는 이상한 환희심이 흘러넘치는 느낌을 나는 받았었다.

'스님이 되고 싶다'는 내 감정은 비단 스님에게만 국한된 것은 아니다. 나는 스님도 되고 싶고, 은수자隱修者도 되고 싶고, 수도원의 종지기도 되고 싶다. 또한 아내와 딸을 둔 내 가정이야말로 평생 수도원이니 나는 이 수도원에서 죽을 때까지 평수사로 살아갈 수밖에 없을 것이다.

　요즘 나는 하루에 한 번씩 청계산淸溪山을 오른다. 지난 늦은 봄부터 시작한 산행이 벌써 2년이 다 되어 간다. 당뇨병을 갖고 있으면서도 나는 아직도 병원을 가거나 약을 먹은 적이 없다. 내가 좋아하는 고려 말의 선승 나옹懶翁 선사는 후에 이방원의 심복이 된 최이崔怡가 병에 걸렸다는 말을 듣자 한 통의 서찰을 보낸다.

　"최 공, 병이란 우리 몸 중에서 지수화풍地水火風의 어느 한 곳이 고장이 난 것입니다. 그러므로 자신의 몸을 잘 살펴보시오. 자신의 몸속에 들어 있는 바람과 자기 몸속의 물과 자기 몸속의 불과 자기 몸속의 흙을 가만히 살펴보시오. 살펴서 그 근원을 밝히면 그 병이 나을 수 있을 것입니다."

　나는 나옹 선사의 말에 동의한다.

　나는 병에는 언제나 무식한 편이다. 당뇨에는 운동과 식이 요법이 중요하다는 것을 잘 알고 있으면서도 음식을 절제하는 편도 아니며, 운동에 부지런한 편도 아니다. 내가 청계산을 매일 오르게 된 것도 당뇨 때문이 아니라 일종의 우울증 때문이었다. 심각한 것은 아니지만 해마다 여름이면 약간의 우울증을 앓는 것이 연중행사였는데, 등산하면서 땀을 흘리는 것이 마음의 상처를 씻는 최고의 방편임을 뒤늦게 깨달았기 때문이다.

처음에는 동네 헬스클럽에 다닐까도 생각했지만 생각을 바꿔 산을 오르기로 한 것이다. 청계산을 처음 찾아갔을 때 나는 이렇게 소리쳐 외쳤다.

"나는 이제부터 청계 헬스클럽의 정회원이다."

그뿐인가. 나는 산을 오르며 생각한다.

'아아, 마침내 나는 내 산을 가진 스님이 되었다. 그렇다, 나는 이제야말로 청계산의 주지가 된 것이다.'

우리가 쓰는 말에 이런 말이 있지 않은가.

'집도 절도 없는 중놈의 팔자.'

그 말처럼 지금까지 나는 집도 절도 없는 스님이었다. 그러나 나는 내가 살아갈 수 있는 산을 발견한 것이다. 그것이 청계산인 것이다.

청계산이야말로 지금까지는 무주공산無主空山이었다. 그 임자 없는 빈 산, 청계산을 경허鏡虛 선사가 내게 물려준 것이다. 마치 의발衣鉢을 전하듯, 그 무주공산에 새 주지 스님이 주장자拄杖子를 들고 주석駐錫하였으니 그 스님의 이름은 속명으로는 최인호, 법명法名으로는 무이無二이다.

언젠가 수덕사修德寺의 현판에 내어 걸린 경허의 '무이당無二堂'이란 옥호를 본 후 나는 스스로 내 법명을 그렇게 지어 두었었다. 한때는 호까지 그렇게 부르고 싶었지만 너무 불교적 색채가 난다고 해서 아직 정식으로 사용하고 있지는 않지만, 어쨌든 내 법명은 '둘이 아니다'라는 의미를 지닌 '무이無二'인 것이다.

아직 내 산에는 절이 없다. 신도들이 없으니 돈을 거둘 수도 없다. 돈을 거둘 수가 없으니 공연히 불사를 하여서 절을 지을 수도 없다. 절을 지을 수 없으니 부처님의 불상도 대웅전에 모실 수 없다. 그러나 무슨 소용이 있으랴. 내 몸이 절인데 따로 지을 필요가 어디 있으랴. 내 몸이 곧 절이고 내 몸이 곧 대웅전이니 나는 움직이는 절인 것이다.

그러므로 내 몸속에 다보탑이 서 있고 내 몸속에 부처의 진신사리眞身舍利가 안치되어 있다. 내 몸속 깊은 곳에 부처가 실재實在하여 계신다. 그러므로 내가 곧 움직이는 부처인 것이다. 신도는 오히려 번거롭다. 내 절의 신도는 오직 나 혼자면 족하다. 내가 나 자신에게 이르는 법문이야말로 상당법문上堂法門인 것이다.

청계산을 오르며 나는 오늘도 내 마음의 부처에게 설법說法을 듣는다.

아아. 내 마음의 성불成佛을 향해 그 두텁던 계곡의 얼음물도 따뜻한 봄볕에 녹아 흐르듯이 두터운 업장業障의 아라한阿羅漢도 부처를 향해 한 걸음씩 나아가고 있으니 이 즐거움을 맛있는 것 아껴 먹듯이 조금씩 빨아먹을 것이다. 인생이란 부처를 향해 나아가는 성불의 수도이며 수행이다. 그러므로 우리들은 그 성불의 문으로 나아가는 삼수생, 사수생인 것이다.

이 책에 실린 짧은 글들은 영혼의 어머니인 불교적 단상들을 모은 것이다. 제목을 '나는 아직도 스님이 되고 싶다'

고 한 것은 약간 쑥스럽고 자신을 미화시키려는 다소 센티멘털한 부분이 없지는 않으나 있는 그대로의 감정을 솔직하게 드러낸 표현이기도 하다.

어떤 가수의 노래에 '아직도 그대는 내 사랑'이라는 제목이 있듯이 참으로 나는 아직도 스님이 되고 싶다.

어디서부터 와서 어디로 가는지 알 수 없는 것이 신비한 우리들의 인생이지만, 인생이야말로 길 위에서 태어나고 길 위에서 사랑하고 길 위에서 죽어 가는 하나의 길 없는 길임을 절실히 느끼는 이즈음에도 내 마음에는 여전히 청산靑山이 우뚝 솟아 있고, 내 영혼은 만년설이 뒤덮인 설산雪山을 우러르고 있나니, 나는 스님이 되고 싶다. 스님이 되어서 염궁문念弓門을 거쳐 무념처無念處에 이르러 구름이 일어나고 바람이 부는 것을 한참이나 들여다보다가 석가여래 손가락에 낙서를 하고 돌아섰던 손오공처럼, 푸른 하늘에 옥인玉印 도장 하나를 찍고 푸른 바다에 해인海印 도장 하나를 찍고는 시인 천상병千祥炳이 노래하였듯 아름다운 이 세상 소풍 끝내고 하늘로 돌아가고 싶다.

최인호

숨어 있는 부처님

나는 종교적 선입견을 떠나 스님이나 목사님, 신부님과 같이 성직聖職에 종사하는 모든 분들을 존경한다. 그들이 우리들의 영혼을 대신해 아파하고, 고통스러워하고, 우리의 죄를 함께 빌어 용서를 바라는 그 모습과 행동에 늘 감사해하고 고마워하고 있다. 인간을 구원하기 위해서 각고刻苦의 길을 스스로 선택하고 엄격히 절제하며 홀로 형극荊棘의 길을 가는, 고통을 극기하는 성직자분들을 어찌 마음속 깊이 존경하지 않을 수 있겠는가. 자신의 안락보다는 민중의 고통을, 자신의 안위보다는 대중의 슬픔을 어루만져 주기 위해 자신을 온전히 희생하고 남을 위해 치열하게 봉사하는 그분들을 볼 때마다 나는 절로 고개가 숙여진다.

종교는 썩었으며 성직자들은 사리사욕에 탐닉하고 있다고 감히 말하는 사람들은 너무 쉽게 단정 내려서는 안 된다. 스님이나 목사님이나 신부님이 어째서 우리와 다른 사람일 것인가. 나는 그들도 우리와 다름없는 '사람'이라고 믿고 있다. 그들은 우리와 다른 별종의 인간이 아니라 우리들과 마찬가지로 갖고 싶고, 이기고 싶고, 유명해지고 싶고, 편해지고 싶고, 거짓말도 하고 싶은 사람이라고 생각하고 있다. 다만 우리와 다른 점이 있다면, 그들이 우리를 대신해서 고통의 멍에를 짊어져줌으로써 우리는 오늘도 그들의 기도 덕분에 쾌락과 안락과 욕망 속에 안주할 수 있으며, 그리고도 구원을 받을 수 있다는 사실이다.

우리가 돼지처럼 먹고 마시고 쾌락에 신음하고 있을 때 그들은 자신의 조그만 거짓말, 조그만 욕망을 부끄러워하고 슬퍼하고 미안해하고 고통스러워하고 창피해 하는 환자들이다. 나는 그래서 성직자들이 좋다.

내가 아직 가톨릭 영세를 받기 4~5년 전, 아무 종교도 가지고 있지 않았던 시절 나는 내 아이들과 아내와 함께 전라도 지방을 여행했었다. 모처럼 만에 떠난 여행길이었다. 떠날 때부터 마음속 헛간에는 쓰레기와 같은 헛것들만 가득 차 있었다. '이것을 치워야지, 이것을 어떻게 해서든 쓸어내야 할 텐데' 하면서도 나는 불안과 증오심과 탐욕과 분노로 가득 차 있었다.

광주에서 1박을 하고 송광사松廣寺와 완도를 거쳐 대흥사大興寺를 지나, 다시 광주에서 1박을 한 다음 오는 길에 백양사白羊寺에 들러오는 머나먼 여정이었다. 너무 무리한 강행군이라 도중에 꼭 들르고 싶었던 대흥사를 못 들르고 말았지만 어쨌든 신록이 푸르른 5월의 남도 지방 풍경은 지독히나 아름다웠다. 다행히도 그해 5월 1일은 초파일이어서 절마다 축제일이요 연등은 대낮부터 걸려 있었다.

그때만 해도 나는 불교에 문외한이었으며, 또한 불교 신도도 아니어서 새삼스레 초파일을 맞아 무어 소원을 빌 것도 없었지만, 그래도 여행 중에 만나는 절에 들러서는 꼭꼭 아들 녀석과 그저 내 식대로 향 피우고 절 세 번 하는 법도(?)를 시행하고 있었으므로 송광사에서도, 백양사에서도 그게 무슨 즐거운 일인 양 꾸벅꾸벅 어린 아들과 두 차례 절을 했었다. 나는 신도가 아닌 사람이 절을 올린다고 그것을 죄라고는 생각지 않는다. 불교도 참 종교이며 그리스도교도 참 종교이므로 나는 종교 앞에서는 그저 두렵고 그리고 죄송스럽다. 두렵고 죄송스러우면 그 순간만이라도 겸손해야 할 것이 아니겠는가.

내가 무엇이 담력이 크다고 우리를 대신해서 죽은 예수님과 내가 무에 대단한 데가 있다고 천년도 넘게 세세연년歲歲年年이 내려오는 저 자비로운 불상의 미소 앞에서 무릎을 세울 수 있겠는가.

절은 절마다의 풍경을 지니고 있다. 어느 산, 어느 나무, 어느 돌 하나, 같은 게 있으련마는 절은 이상하게도 어느 산 어느 숲을 배경으로 숨어 있어도 절 만이 가진 유일한 풍경을 지니고 있다.

어느 왕권, 어느 정치, 어느 권력, 어느 명예와도 떨어진 곳에 있다는 바로 그 이유 하나 때문에 불교는 '인간' 그 자체만을 볼 수 있는 것이 아닐까 하는 느낌 같은 것이었다.

절에 가면 마음이 맑게 씻어진다. 어느 절이고 행락 인

파가 몰리고 술 취해 노래 부르는 주정꾼이 없으리오마는 그래도 절은 대범하게 이들을 용서한다. 그 어려운 먼 길 뒤에 찾아간 절에서도 스님은 보려야 볼 수도 없다. 무엇이 부끄러운지 숨바꼭질하듯 꼬옥꼬옥 숨어서 기침소리 하나 내지 않는다. '마음대로 보려면 보시오' 하고 절 문도 활짝 열어놓고 대웅전도 활짝 열려 있고 마당 뜨락엔 피토하듯 붉은 꽃들이 흐드러져 피어나 있건만, 정작 스님들은 그 넓은 절 어디엔가 꼬옥꼭 숨어들어 앉아 있다.

참으로 이상하게도 송광사에서도 백양사에서도 나는 단 한 사람의 스님을 만난 적이 없다. 물론 송광사에서는 서너 시간, 백양사에서는 두어 시간, 짧은 시간 머물러 있었기 때문이었을 것이다. 그러나 이상하지 않은가. 초파일 날 대낮에 스님들이 어디 있단 말인가. 초파일 다음날 백양사에서도 스님들은 도대체 어디 갔단 말인가. 그저 어디서나 부처님의 환하디환한 미소만 보일 뿐. 법당도 열려 있고 연못 위로 시든 매화 꽃잎만 땅벌의 침針처럼 내리꽂히어 떨어지고만 있을 뿐.

그러나 웬일인지 나는 그게 좋았다. 절에 가서 스님들이 공연히 왔다 갔다 하는 모습이 자주 눈에 띄면 왠지 싫어

진다. 그 부끄러움에 그 은은한 넉넉함에 나는 한결 편해진다. 울음소리 가득한 회당, 고함쳐 회개하는 통곡소리가 가득한 신전과는 달리, 절 앞뜨락은 햇살만 가득할 뿐 그저 적적하고 그저 무사무사無事無事하다.

네가 모두 알아서 하라는 듯 부처님은 연신 웃고만 있다. 울든지 웃든지 술을 마시든지, 실례되는 비유지만 법당에 오줌을 싸 든지 그저 네가 네 맘대로 알아서 하라는 듯 부처님은 웃고만 있고 스님은 행방불명이다. 그래서 부처님의 얼굴은 할아버지보다 더 인자하게 보인다.

돌아오는 고속도로 휴게실에서 나는 석간신문을 한 장 샀다. 하루 늦은 신문이라 초파일날 기사가 그대로 나와 있었다. 아직까지도 길 떠날 때의 번뇌와 갈등이 말끔히 씻기지 않았던 나는 사회면 한 귀퉁이에 불탄일佛誕日을 맞아 성철性徹 스님께서 내리신 법어法語를 읽어 내려가기 시작했다. 그것을 읽어나가는 순간 나는 너무나 기분이 좋고 편안해서 아직까지 남아 있던 마음속의 찌꺼기가 모두 씻겨내리는 것 같은 느낌을 받았다. 나는 차의 문을 굳게 잠그고 내 아내와 아이들에게 그 법어를 소리 내 낭독해 주기 시작했다.

자기를 바로 봅시다.

자기는 원래 구원되어 있습니다. 자기가 본래 부처입니다.

자기는 항상 행복과 영광에 넘쳐 있습니다. 극락과 천당은 꿈속의 잠꼬대입니다.

자기를 바로 봅시다.

자기는 시간과 공간을 초월하여 영원하고 무한합니다. 설사 허공이 무너지고 땅이 없어져도 자기는 항상 변함이 없습니다. 유형, 무형할 것 없이 우주의 삼라만상이 모두 자기입니다. 그러므로 반짝이는 별, 춤추는 나비 등등이 모두 자기입니다.

자기를 바로 봅시다.

모든 진리는 자기 속에 구비되어 있습니다. 만약 자기 밖에서 진리를 구하면, 이는 바다 밖에서 물을 구함과 같습니다.

자기를 바로 봅시다.

자기는 영원하므로 종말이 없습니다. 자기를 모르는 사람은 세상의 종말을 걱정하며 두려워하여 헤매고 있습니다.

자기를 바로 봅시다.

자기는 본래 순금입니다. 욕심이 마음의 눈을 가려 순금을 잡철로 착각하고 있습니다. 나만을 위하는 생각은 버리고 힘을 다하여 남을 도웁시다. 욕심이 자취를 감추면 마음의 눈이 열려서, 순금인 자기를 바로 보게 됩니다.

자기를 바로 봅시다.
아무리 헐벗고 굶주린 상대라도 그것은 겉보기일 뿐, 본모습은 거룩하고 숭고합니다. 겉모습만 보고 불쌍히 여기면, 이는 상대를 크게 모욕하는 것입니다. 모든 상대를 존경하며 받들어 모셔야 합니다.

자기를 바로 봅시다.
현대는 물질만능에 휘말리어 자기를 상실하고 있습니다. 자기는 큰 바다와 같고 물질은 거품과 같습니다. 바다를 봐야지 거품은 따라가지 않아야 합니다.

자기를 바로 봅시다.
부처님은 이 세상을 구원하러 오신 것이 아니요, 이 세상이 본래 구원되어 있음을 가르쳐 주려고 오셨습니다. 이렇듯 크나큰 진리 속에서 살고 있는 우리는 참으로 행복합니다.
다 함께 길이길이 축복합시다.

그렇다.

4월 초파일은 부처님이 오신 날이다. 그는 우리를 구원하러 오신 것이 아니라 본래 구원되어 있음을 가르쳐주러 오신 것이다. 성철 스님, 그 할아버지같이 인자한 노스님이 꼭꼭 숨어서 우리에게 넌지시 불법佛法을 가르쳐주시고 있는 것이다.

돌아온 즉시, 나는 어느 여성 잡지에 실린 성철 스님의 천연색 사진을 내 서재 앞 벽에 잘라 붙여놓았다. 그 박박 깎은 머리 밑에 수줍게 웃고 있는 노스님의 미소가 바로 부처의 미소를 그대로 닮아 있었다.

더
깊은
청산으로 靑山

불교인들과 만나서 얘기를 나눌 때면 으레 다음과 같은
화제로 돌아가게 되곤 한다.

곧 불교가 다른 종교에 비해서 포교 활동이나 사회 활
동에 무심해서 날로 교세가 떨어지고 있다는 걱정의 소
리를 듣게 되는 것이다. 많은 불교인들은 그것 때문에 근
심하곤 한다.

절이 찾아가기 힘든 산중에만 있으니 점점 퇴보될 수밖
에 없어서 절도 적극적으로 도시 생활인으로 파고들어야

만 하며, 불교인들도 다른 종교들처럼 병원을 세우고 학교를 세우고 양로원을 세우고 복지 시설을 세워 좀 더 적극적으로 사회 활동을 함으로써 포교 활동에 많이 참여하여야 한다는 것이 불교인들의 한결같은 주장이었다.

물론 불교에서 마지막 구도의 길은 입전수수入塵垂手라 하여서 산중을 내려와 직접 저잣거리로 들어가 술 파는 여인들을 교화하여 성불케 하고 거리의 행인들을 위해 다리를 놓고 길을 닦는 보시布施를 하는 것임도 잘 알고 있다. 그러나 이와 같이 한결같은 불교인들의 주장을 들을 때면 나는 언제나 이들과는 반대 입장에 서곤 한다.

이처럼 복잡하고 물질만능의 혼탁한 사바세계娑婆世界를 정화하기 위해서 불교인들이 할 수 있는 일은 산을 내려와 저잣거리에 어울려 살면서 중생들을 위해 적극적으로 법회를 열고 법문을 하고 불사를 벌여 절을 지으며 포교 활동을 벌이는 것이 아니라, 오히려 깊은 산중으로 들어가 청산에 숨어 버리는 일이라고 나는 주장하는 것이다.

물론 한 집 건너마다 카페고, 두 집 건너 술집이요, 세 집 건너 교회 십자가가 있는 것에 비하면 깊은 산중에만 숨어 있는 절의 존재는 어찌 보면 시대에 뒤떨어져 가는 재개발지구에 철거되기를 기다리고 있는 가건물과 같이 초라한 느낌마저 불러일으켜 위기감마저 느끼게 될지 모른다.

그래서 이러한 시대에 산속에 머물면서 목탁이나 두드리고 선禪이라 하여서 공자왈 맹자왈 외우던 옛 서당의 학동들처럼 케케묵은 한자어나 들먹이며 성불이나 하는 것보다는 팔을 걷고 나서서 사바세계의 불쌍한 중생들을 위해 병원도 짓고 함께 찬불가도 부르면서 불교에 대해 좀 더 쉽고, 좀 더 널리 알려주는 활동이야말로 현대 불교의 나아갈 길이라고 주장하고 있는 불교인들도 차츰 많아지고 있는 것처럼 보인다. 이러할 때 과연 불교인들이 해야 할 과제는 무엇인가.

아빌라의 데레사는 1515년 스페인 아빌라에서 태어나 1581년 서거한 가톨릭 사상 가장 유명한 성녀 가운데 한 사람이다. 그녀는 스물한 살의 나이로 수녀원에 입회함으로써 구도자가 되었는데 그녀가 수녀원에 들어갔을 때는 수도원이라기보다는 귀족들의 사교장이었으며 아직 시집 못 간 처녀들이 알맞은 짝을 찾을 때까지 기다리던 일종의 대기소와 같은 곳이었다. 그녀는 이러한 완화된 수녀원을 초기의 사막 수도자修道者들처럼 엄격하고 가난하며 고독한 수녀원으로 개혁할 것을 결심하여 봉쇄, 고독, 잠심潛心을 개혁 수도원의 삼대 목표로 내세우고 이를 과감하게 개혁해 나갔던 것이다.

그녀는 자신이 개혁하는 수녀원의 이름을 '맨발의 수도원'이라고 불렀다. 그녀는 수도자의 발에서 신발마저 벗김으로써 무서운 청빈 정신을 실천해 나가기 시작하였는데, 그 무렵 많은 성직자들과 존경을 받던 귀족들은 도대체 이처럼 어리석기 짝이 없는 수도원 개혁이 무슨 소용이 있냐며 그녀를 질타하였다.

이 혼란한 시대에 수도원이 스스로 외부와의 문을 단절하고 평생을 수도원에 갇혀서 밤낮 기도만 하는 관상觀想 생활이 이 사회에 어떤 이익을 줄 수 있는가 하는 것이 기득권을 가졌던 모든 종교 집단의 질문이었다. 이에 그녀는 다음과 같이 대답한다.

전쟁터에서는 적과 싸우는 병사만이 필요한 것은 아닙니다. 전쟁터에서 기수는 칼과 총을 들고 있지는 않지만 깃발을 들고 있으므로 모든 병사들에게 앞으로 나아가는 희망과 승리를 약속하는 상징적인 의미를 갖고 있습니다. 그러므로 기수는 오히려 병사들보다 부상을 입거나 상처를 입어도 쓰

러질 수가 없습니다. 왜냐하면 자신이 쓰러지면 깃발도 함께 쓰러지기 때문입니다. 또한 기수는 적(악마)으로부터 표적이 되기 쉽습니다. 적들은 기수를 쓰러뜨림으로써 그를 따르는 병사들의 사기를 떨어뜨리기 위해 집중적으로 기수를 공격하기 마련입니다. 우리들 수도자들은 전쟁터의 기수와 같은 것입니다.

데레사 수녀의 말은 오늘날의 모든 수도자들에게도 적용될 것이다. 구도자들은 처음부터 영예로운 전사의 길을 포기한 사람들이 아닌가. 적을 이기고 승리함으로써 개선장군이 되면 몸에는 훈장과 승리의 갑옷을 입는 그 세속의 영광을 스스로 포기한 사람들이 아닌가. 수도자들은 예나 지금이나 아무런 보상도 없고 오직 적으로부터 표적이 되는, 그러면서도 가장 앞장서서 나아갈 수밖에 없는 깃발을 세워 든 기수의 길을 스스로 선택한 사람들이 아닌가.

이러할 때 나는 불교인들이 좀 더 깊은 청산으로 들어가는 것이 결과적으로 불교의 교세를 더욱 확장하는 일이라고 생각한다. 남을 교화시키기보다는 스스로를 성불시키고 도시의 한복판에 불사를 하여서 법당을 세우기보다는 자신의 마음속에 더 청정한 법당을 세우는 일이야 말로 오늘을 사는 불교인들이 목숨을 걸고 싸워야 할 구도의 길이 아닐 것인가.

깊은 산 속에 피어 있는 매화라 할지라도 그 향기는 산기슭에서도 맡을 수 있으며 매화의 향기는 숨길 수가 없는 것이다. 오히려 그 향기를 숨기려고 할수록 매화의 향기는 온 산에 흘러넘칠 것이다.

일찍이 경허 선사는 승려로서의 마지막 시절 애제자인 한암漢巖과 함께 범어사梵魚寺를 떠나서 해인사海印寺로 가는 길 도중에 다음과 같은 노래를 짓는다.

아는 것이 없이 이름만 높아졌구나. 세상은 또한 어지럽고 위험만 하구나. 알지 못하노라. 어느 곳에 이 몸을 감출까. 고기 팔고 술 먹는 마을마다 어찌 숨을 곳이 없으리오마는 자못 이름을 숨기면 숨길수록 더욱 새로워질까 그를 두려워하노라.

경허의 시는 하나의 구경究竟이다.

진실로 그가 덕이 있다면 이름을 감추려 할수록 그 이름이 더욱 새로워질 것이다. 잊혀짐을 두려워하여 이름을 내보인다 해서 잊혀지지 않는 것은 아니다. 오히려 경허의 시처럼 도에 들수록 잊혀지려 해도 잊혀지지 않는다. 숨기면 숨길수록 숨겨지지 않는다. 버리면 버릴수록 버려지지 않는다.

아빌라의 데레사와 더불어 남자 개혁 수도원의 창립자였던 뛰어난 영성가 '십자가의 성 요한'은 〈가르멜의 산길〉이라는 책에서 다음과 같이 노래하였다.

모든 것을 좋아하기에 이르려면,
아무것도 좋아하려 하지 마라.
모든 것을 알기에 이르려면,
아무것도 알려 하지 마라.
모든 것을 얻기에 이르려면,
아무것도 가지려 하지 마라.
모든 것이 되기에 이르려면,
아무것도 되려 하지 마라.
좋아하지 못한 것에 이르려면,
좋아하지 못한 그곳에 가라.
알지 못한 것에 이르려면,
알지 못한 그곳에 가라.
얻지 못한 것에 이르려면,

얻지 못한 그곳에 가라.

되지 못한 것에 이르려면,

되지 못한 그곳에 가라.

나는 오늘을 사는 우리 불교인들이 더 깊은 청산으로 들어가기를 바란다. 나는 우리의 불교인들이 더 가난한 맨발의 수도자이기를 바라며 나는 우리의 불교인들이 빈손의 수도자이기를 바란다.

더 서슬이 푸른 수도자가 되어서 매일매일 뾰족이 깎은 연필의 촉처럼 정신의 촉이 날카로워지기를 바란다. 가장 뾰족이 깎은 연필만이 가장 가는 선을 그을 수 있으며 가장 날카롭게 칼날을 간 취모검吹毛劍이야말로 먼지라도 끊을 수 있을 것이 아니겠는가.

히말라야로 가자

눈 쌓인

　11세기 티베트의 성자 밀라레빠는 일곱 살에 아버지가 죽은 후 백부가 그 재산을 강탈하자 흑마술로 친척을 몰살시킨다. 그러나 곧 이를 깊이 뉘우치고 서른여덟 살의 나이에 히말라야로 떠난다. 8년 후 다시 집으로 돌아왔을 때 어머니는 뼈만을 남긴 채 죽어있었고, 누이동생은 아무것도 없는 거지가 되어 있었다.

　그는 어머니의 뼈로 베개를 만들어 누운 자세로 다음과 같은 노래를 부른다.

누이여, 세속의 욕망으로 괴로워하는 자여/ 내 노래를 들으라./ 둘러쳐진 천막 위에는 황금의 작은 첨탑/ 아래로는 우아한 중국 비단이 드리워졌네./ 공작새의 꼬리처럼 아름답게 장식한 기둥들/ 백단향으로 만들어진 손잡이/ 나 또한 이것들을 손에 넣을 수 있었다./ 그러나 이것 모두 세속의 욕망이어서 나는 도망하였네./ 누이여, 너 또한 모든 욕망 버리고 히말라야로 가자./ 나와 함께 눈 쌓인 히말라야로 가자.

밀라레빠는 이처럼 황금의 첨탑과 중국 비단의 물질뿐만 아니라 감각적 즐거움을 위한 종교적 향연과 여성 신자를 유혹하는 구성진 가락의 찬송가와 같은 명예, 장엄한 성城과 날아오를 듯한 탑과 드넓고 기름진 땅의 부귀, 무기를 든 눈부신 병사와 적을 쳐부수는 강렬한 정열의 권력 그 모든 세속적 욕망을 버리고 함께 눈 쌓인 히말라야로 가자고 노래하면서 다음과 같이 끝을 맺는다.

사람은 태어나는 순간부터 자신이 언제 죽을지 알 수 없다./ 내게는 더 이상 지체할 시간이 없구나, 누이여!/ 너 또한 탄생과 죽음의 바퀴에서 벗어나고자 한다면/ 세속의 욕망 모두 버리고 히말라야로 가자./ 눈 쌓인 히말라야로 가자.

밀라레빠가 세속의 모든 욕망을 버리고 눈 쌓인 히말라야로 가자고 노래하였던 것은 자신보다 천년이나 앞서 온 석가釋迦를 비유했기 때문이다.

인류의 큰 스승 석가모니는 2500년 전 이처럼 눈 덮인 히말라야 산기슭의 카필라 성과 가까운 룸비니에서 태어났다. 생후 7일 만에 어머니를 여읜 석가는 태어났을 때 한 선인으로부터 '세속에 남아있어 왕위를 계승하면 왕들 중의 왕인 전륜성왕轉輪聖王이 될 것이며, 만약 출가하면 반드시 부처를 이루게 될 것'이라는 예언을 듣게 된다. 인간이라면 누구나 겪는 생로병사의 고통을 직시한 후 석가는 스물아홉 살의 나이에 전 세계를 지배하는 보장된 미래의 왕좌와 가족들을 버리고 강물에 얼굴을 씻고 칼을 뽑아 치렁치렁한 머리를 손수 자른 후 히말라야의 산으로 들어간다. 6년에 이르는 설산에서의 고행과 수행 끝에 마침내 깨달음을 이뤄 부처가 된 석가는 이로부터 고해의 바다에 빠져 허우적거리고 있는 중생들에게 '해탈의 길'을 설법하기 시작하였다. 스스로를 '길을 가리키는 사람'이라고 말씀하신 부처는 인간에게 '부처가 되는 길'을 가르쳐 주기 위해서 이 세상에 오신 것이 아니라 인간이면 누구나 '부처 그 자체'임을 가르쳐 주기 위해서 오신 것이다. 인간은 누구나 그 스스로가 부처이다.

그럼에도 불구하고 욕망과 어리석음의 불길로 인간은 지옥의 불속에서 고통스러워하고 있다. 석가는 이것을 슬퍼하셨다. 어리석은 우리들이 너무나 가엾어서 석가는 8만 4천의 법문을 토해내셨다. 그러나 그 8만 4천의 사자후獅子吼도 자신의 마음을 깨닫는 것에는 미치지 못함을 안 석가는 "저마다 자기 자신을 등불로 삼고 자기를 의지하라"고 말씀하시고는 이렇게 최후의 유언을 남긴다.

모든 것은 덧없다. 게으르지 말고 부지런히 정진하여라.

이와 같은 위대한 석가의 가르침은 마침내 372년 해동의 우리나라에도 흘러 들어와 이로부터 2000년 가까이 우리 민족의 피 속에 원형질로 흐르고 있다.

하지만 큰 스승 석가의 가르침, 8만 4천의 설법은 해인사 장경각 안에 보관되어 있을 뿐 아직 우리 마음의 창고 속에는 하나도 보관되어 있지 않다. 보시오. 우리가 인간으로 태어난 것은 도道에 들어 바르게 살고 바르게 말하고 바르게 베풀어 '된 사람'을 이루는 일에 있는 것이지 남보다 많은 물질과 남을 지배하는 권력을 누리는 '난 사람'이 되기 위함은 아니다.

이제는 밀라레빠의 노래처럼 세속의 욕망을 모두 버리고 눈 덮인 히말라야로 갈 때이다. 이제는 우리 모두 스승석가의 뒤를 좇아 쾌락의 왕궁과 명예와 권력의 우상에서 스스로 뛰쳐나와 흐르는 강물에 얼굴을 씻고 칼을 뽑아 머리를 자를 때이다.

우리들의 인생이란 석가의 말씀처럼 덧없고 덧없으며 덧없고 헛된 하나의 꿈에 불과하기 때문이다.

세속의 욕망을 벗어 버리기 위해서 모두가 실제로 눈 덮인 히말라야로 갈 수는 없다. 그러나 비록 몸은 세속에 살고 있지만 마음이 눈 덮인 히말라야의 청산을 향하고 있다면 우리 마음에는 이미 봄볕 속에서 꽃이 피고 있는 것이다.

불목하니의 인정

오늘도 나는 청계산을 오른다. 한 발 한 발 쉼 없이 오르는 이 청계산과의 인연은 실로 아주 오래전으로 거슬러 올라간다. 바로 청계사淸溪寺가 있는 청계산. 그때 나는 복잡한 머리를 식히기 위해 집을 나와 차에 올라타 한참을 망설였다. 이대로 한 며칠 홀로 바닷가로 떠나 여행이나 하고 올까, 아니면 설악산에 가서 며칠을 지내다 올까, 하고 망설였다. 그렇지 않아도 늘 집에만 틀어박혀 있어 몸도 마음도 시들어 버린 느낌이고 더욱이 어깨까지 아픈 탓으로 통증에 맨날 오만상을 찌푸리고 있노라니, 내 얼굴을 보는 가족들도 마음이 편치 않았을 것이다.

그러다가 문득 내 머릿속으로 마땅한 생각 하나가 반짝이며 떠올랐다.

그렇지, 난 갈 곳이 있다.

그곳은 저 전라도 지방의 산길도 아니고 동해안의 바닷가도 아니다. 그곳은 서울 근교에 있는 조그마한 절이었다. 경허의 매력에 흠뻑 젖어 불교 속으로 불교 속으로 점점 깊이 빠져들기 시작하면서 나는 그곳에 시간이 있을 때마다 가고 싶다, 가고 싶다고 혼자서 뇌까려 왔었다. 내가 사는 곳에서 한 30분만 가면 닿을 수 있는 가까운 거리에 있는 작은 절이었다. 그런데도 쉽사리 그곳에 가게 되지를 않아 차일피일 미루다가 첫 만남에 이르게 된 셈이었다.

아홉 살의 나이에 아버지를 잃어, 먹고 살 길이 막막해진 경허 선사가 어머니와 함께 입산하였으니 그곳이 바로 내가 가고 싶어 하는 청계산에 위치한 청계사인 것이다.

사람의 인연이란 것이 묘해서 6·25 때 우리 가족들은 청계산에 들어가 여름 한철을 피난 생활로 보내었다. 또 스승 박영준朴榮濬 선생님이 살아 계실 무렵 20여 년 전쯤

44

청계산에 함께 등산도 갔었고 보면, 그런 의미에서 청계산은 전혀 낯선 곳만은 아니다. 그러나 경허 스님이 어린 나이에 머리를 깎고 동진출가童眞出家하여 사미沙彌의 행자行者 생활을 하였다는 청계사는 그 등산길에서도 마주치지 못하였던 전혀 미지의 산사山寺였다.

가자.

나는 일요일 오전 초여름의 햇살이 따가운 대로를 달리면서 마음이 가벼워지는 것을 느꼈다. 일요일 아침, 불쾌한 기분에서 벗어나 나는 오랫동안 미루었던 숙제를 해치워 버리겠다는 결의로 속력을 높여 말죽거리로 달려나갔다.

막연히 말죽거리를 지나 성남으로 가는 도로변으로 빠져 오른쪽 길로 접어들면 그곳 등산로 어딘가에 청계사가 있을 거라고 생각했었는데 내 판단은 정확지 못하였다. 박영준 선생님과 등산을 갈 때는 그곳으로 해서 출발했으므로 막연히 그곳 어딘가에 절이 있으리라 생각하였는데, 등산로 입구에 세워진 안내판에도 청계사의 위치는 그려져 있지 않고 상점 주인들에게 청계사의 위치를 물어도 한결같이 모른다는 답변뿐이었다. 나무의자에 앉아 쉬고 있던 등산객이 내게 정확히는 모르지만 청계사에 가려면 이쪽으로 산을 올라가서는 안되고 과천 쪽으로 가서 그쪽 어딘가에서 산을 오르면 산 정상에 청계사가 있을 것 같다는 애매모호한 답변을 해주었는데 어쨌든 내친 김이라 생각되니 더 이상 망설일 것은 없었다.

그렇게 해서 청계사를 찾는 작업이 시작되었는데 절로 들어가는 길 어귀를 찾는 일에 나는 두 시간 이상을 보내야만 했다. 지척에 두고도 산문山門을 찾기 힘드니 마치 숨바꼭질하는 느낌이었다. 간신히 절로 오르는 길을 발견하였지만 절까지는 산길로 8킬로미터. 새마을사업으로 간신히 차 한 대가 오를 수 있도록 콘크리트 포장이 된 산길을 따라 계곡이 굽이쳐 펼쳐져 있었다. 마침 일요일이라 가까운 곳에서 놀러 나온 사람들로 계곡은 초만원이었다. 너나 할 것 없이 차를 한 대씩 타고 와서 계곡이란 계곡에는 벌거벗고 눕고 누가 보거나 말거나 홀렁홀렁 걷어붙이고 한결같이 화투놀이에다 개고기 굽고, 닭고기 삶고, 불고기 지지고 한낮부터 술타령 들이었다. 아예 산 입구에 차를 세우고 절까지 걸어가기로 하였는데 솔직히 아침도 거르고 점심까지 거른 뒤끝이라 배도 고프고 목이 마르고 오랜만에 오르는 산길이라 숨도 헉헉 차오르는데 고기 굽는 냄새에 사람 환장할 지경이었다.

그뿐이랴. 이쪽에선 라디오 틀고 저쪽에선 유성기 틀고, 이쪽에서는 마이크 가져다가 노래자랑 고래고래 소리 지르면, 저쪽에서는 이에 뒤질세라 일어나서 춤추고 흔들어 대는데 산길을 오르면서 나는 마음이 무거웠다.

한 주일의 피로를 풀기 위해서 깊은 산의 계곡을 찾아 왔으면 조용히 누워 잠들고 가만히 귀 기울여 물소리 바람소리 듣고 찬물에 손발 담그고 서로서로의 얼굴을 마주 보고 미소 짓고 이야기나 나눌 일이지 이건 완전히 난장판이 아닌가. 좁은 길을 오르는 차와 내려가는 차들은 길이 좁아 서로 교차되지 못하고 들입다 경적만 울려대고 참다못해 뛰쳐나온 운전사들은 서로 죽일 놈, 살릴 놈 싸움을 한다. 날은 가물어 논에도 물은 메말라 비닐호스로 산정 쪽에서 물을 끌어다 농사를 짓는 판인데 사람들은 물도 없는 계곡에 쭈그리고 앉아서 완전히 미친 사람들이었다.

절에 이르는 수 킬로미터를 그러한 사람들로 발 디딜 틈도 없는 계곡을 따라 산길을 오르면서 나는 배고픔보다 더한 정신의 허기를 느꼈으며, 목마름보다 더한 정신의 갈증을 느꼈다.

도대체 우리는 어디로 가고 있는 것일까. 집에서 뜯어

먹어도 좋을 고기를 산중에까지 와서 악착같이 먹고, 집에서 마셔도 충분한 술을 악착같이 산중에까지 와서 마시고, 집에서 놀아도 좋을 화투판을 악착같이 산중에까지 와서 벌여야 하는 우리들. 집에서 추어도 좋을 춤을 악착같이 산중에까지 와서 춤추고, 집에서 불러도 좋을 노래를 악착같이 산중에까지 와서 확성기에 대고 노래 부르는 우리들. 오직 먹고 마시고 춤추고 노래하는 쾌락에 미쳐서 조금만 뭐래도 술에 취해 고래고래 소리 지르고 욕하며 싸움질하는 우리들.

경허 스님, 어떻게 하면 좋겠습니까?

나는 스님이 어머니와 함께 머리를 깎기 위해서 산길을 오르던 그 길을 따라 걷고 있습니다. 스님은 1857년에 이 산길을 따라 걸었지요. 그때는 산이 깊어 이 산중에는 사람도 없고 들리느니 계곡의 물소리뿐이었을 것입니다. 구도자求道者가 되기 위해서 어린 나이로 이 산길을 오르던 스님. 스님과 나 사이에는 거의 150년 세월의 간격이 흐르고 있습니다.

경허 스님!

스님이 아홉 살의 나이로 오르던 산 계곡에는 저 수천 수만의 무리들이 먹고 마시고 춤추고 노래하고 있습니다.

이제 어떻게 하면 좋겠습니까, 스님?

　누가 옳고 누가 그른가
　모두가 꿈속의 일이로다.
　북망산 아래
　누가 너고 누가 나이더냐.

　스님의 〈시비를 말라莫論是非〉는 단시처럼 다 꿈속의 일이니 잊어야 되겠습니까. 스님의 시처럼 너와 내가 따로 없으니 구분 짓지 말아야 하겠습니까.

　산정에 청계사가 있었다.

　가파른 계단을 간신히 오르니 허기는 지고 온몸에 땀이 비 오듯 하였다. 아픈 오른쪽 어깨는 더욱 깊이 쑤시고 온몸은 지쳐 쇠잔한 느낌이었다. 헐떡이면서 가물어 물조차 마른 샘물을 간신히 퍼서 한 모금 들이키려 하니 산 깊은 곳에서 뻐꾹뻐꾹 뻐꾸기가 때맞춰 울었다. 고려조에 지었다는 작은 법당 안에는 수천 개의 촛불들이 켜져 있었고 그늘진 툇마루에 지쳐 앉아 있노라니 내가 수상쩍게 보였음일까. 오가며 내 눈치를 살피던 사람 하나가 불쑥 내게 와서 묻는다.

"손님, 배고프슈?"

보아하니 승복은 입지 않았으니 절 일을 보는 부목負木 쯤이나 되는 사람일까.

"약간이오."

"그럼 따라오슈."

그 사람은 앞장서서 나를 식당으로 안내했다. 점심때가 지났으므로 밥은 있지만 찬이 없단다. 얻어먹는 주제에 찬밥 더운 밥이 어디 있겠는가. 식당에 홀로 앉아 보리밥에 고추장을 석석 비벼 한 술 두 술 뜨노라니 갑자기 눈물이 솟아 흘렀다.

이것이다.

한 번도 만난 적 없고 한 번도 본 적 없는 나그네 손님의 얼굴에서 지치고 배고픈 흔적을 읽어내려 밥 한 끼 주는 저 불목하니의 인정. 이 인정이야말로 저 계곡을 흘러내려야 한다. 이 자비야말로 가문 저 계곡을 흘러내려 우리의 대지를 적시고 우리의 저자를 적시고 우리의 영혼을 적셔야 한다.

그 날, 나는 청계사의 주지인 각명覺明 스님과 단 한 번의 만남으로 단박에 친구가 되었다. 경허 선사가 머물던

퇴락한 기와집 한 채를 가리키며 스님이 내게 말하였다.

"공부하고 싶으면 언제나 와서 머무십시오. 방을 내어 드리겠습니다."

나는 믿는다.

배고픈 내게 밥을 한 끼 주고 내가 오면 언제나 머물 수 있는 방을 주겠다는 그 마음은 경허 스님이 내게 베풀어 주신 인정이라는 것을.

경허 스님은 백 년 전에 죽었으나 그의 영혼은 불목하니의 입을 통해, 각명 스님의 말을 통해 나타나 우리와 함께 살고 있는 것이다.

한나절에 좋은 사람도 사귀고 수박에 커피까지 얻어마시고 산을 오를 때와 달리 기쁨에 가득 차서 산을 내려가는 내 머릿속에 경허 스님의 시가 한 구절 기억되어 떠올랐다.

산 절로 푸르고 물 절로 푸른데
맑은 바람에 흰 구름마저 돌아가네.
종일 너럭바위에 앉아 놀며
세상을 버렸거늘 또다시 무엇을 바라리오.

나는 스님이 되고 싶다

한 일간지에 경허 스님의 행장을 소설화한 〈길 없는 길〉이란 작품을 연재한 적이 있다. 3년에 걸쳐 1,000회 정도 연재하였는데 경허를 주인공으로 한 소설이었으므로 자연히 경허 스님이 오랫동안 주석하였던 수덕사를 중심으로 한 호서지방들의 사찰들을 순례해야만 했다.

동학사東鶴寺에서 견성하였던 경허는 천장암天藏庵에서 확철대오廓徹大悟하였고, 그 후로는 수덕사를 비롯하여 개심사開心寺, 부석사浮石寺, 정혜사定慧寺와 같은 암자들을 돌아다니시다 말년에는 해인사의 방장方丈으로 자리를 옮겼으며, 그 후에는 행방을 감추어 함경도의 작은 한촌에서 신분을 감추고 아이들을 가르치다가 64세의 나이로 열반에 드신 큰스님이시다.

그러므로 나는 자연스럽게 경허 스님의 행장을 따라 거의 모든 사찰들을 탐사할 수밖에 없었다.

만나는 스님마다 어찌나 잘 반겨 주었는지 지금도 그때의 일을 생각하면 가슴이 뛴다. 영화감독 배창호 군과 이명세 군과 어울려 청계사에서 한밤중 번개 치던 모습을 물끄러미 바라보던 일. 동학사에서였던가, 비구니 암자에서 허락을 얻고는 부처님 옆에서 잠을 자다가 새벽 예불 소리에 깜짝 놀라 깨던 일. 그러나 뭐니 뭐니 해도 수덕사에서 있었던 모든 일들은 아직도 추억이 되어 생생하게 떠오르고 있다.

당시 주지스님이었던 법성法惺 스님은 내게 법당에서 가장 가까운 요사채 하나를 공짜로 주셨다. 나는 시도 때도 없이 수덕사에 들러 한여름에도 공양을 준비할 때마다 아궁이로 연결된 뜨끈뜨끈한 방구들에 허리를 지지면서 학질 들린 사람처럼 땀을 뻘뻘 흘리며 지내곤 했었다.

그 무렵 나는 정말 스님이 되고 싶었다.

그러나 나는 출가를 하기 위해 아내를 떠나 가정을 버리고 아이들과 헤어질 그런 용기는 없었다. 우리들의 인생이란 어디서 와서 어디로 가는지 잘 모르지만, 사내의 몸을 받은 대장부로서 이 세상에 태어난 이상 중노릇 한번은 해볼 만하다는 절실한 느낌을 받으면서도 나는 차마 머리를 삭발하고 내 있던 자리를 벌떡 일어나 박차고 가출할 용기는 없었던 것이다.

내 그런 마음에 한 가닥 희망을 준 것은 어느 날 무법 스님이 큰 선물을 가져온 이후부터였다. 무법 스님이 수백 년 묵은 소나무 등걸을 구해다가 그 위에 수덕사의 방장 스님이신 원담圓潭 스님의 선필을 새겨 온 것이었다.

海印堂(해인당)

나는 오래전부터 그 깊은 뜻은 잘 모르지만 불교적 용어 중에 해인삼매海印三昧란 말을 좋아하고 있었다.

해인삼매는 부처가 《화엄경》을 설법하면서 도달한 삼매의 경지를 말하는 것으로, 풍랑과 같은 모든 번뇌가 사라진 뒤에야 비로소 삼라만상 모든 업이 도장 찍히듯 그대로 바닷물에 비쳐 보여 일체의 깨달음을 얻을 수 있음을 의미한다. 아무튼 나는 해인이라는 말의 의미가 너무 좋아서 언젠가 무심코 이런 말을 한 적이 있었다.

'새로 짓는 집의 이름을 해인당이라고 부르고 싶다.'

이 말을 귀 기울여 들은 무법 스님이 소나무 등걸에 '해인당'이라는 옥호를 새겨 직접 우리 집까지 날라다 준 것이었다. 나는 이 현판을 우리 집 이층 바깥벽에 내어 걸어 두고 있다.

이 현판뿐만 아니라 무법 스님은 내게 액자까지 하나 선물해 주었다. 역시 원담 스님이 써준 글씨인데 경허 스님의 선시 중에서 한 구절을 인용하여 써준 것이다.

世與靑山何者是 (세여청산하자시)

春光無處不開花 (춘광무처불개화)

이 구절은 경허 스님이 천장암에서 읊은 노래로, 그 노래를 본 순간 내 마음은 마치 불을 지핀 듯 불기운으로 환히 타오르고 있었다.

세상과 청산은 어느 것이 옳은가.

봄볕이 있는 곳에 꽃 피지 않는 곳이 없구나.

경허 스님의 이 선시를 본 순간 나는 내가 비록 머리를 깎고 청산으로 갈 수는 없지만 이 세상 모든 것이 청정한

도량道場임을 깨달았던 것이다.

내가 찾아갈 곳이 청산이냐, 세상이냐 어느 것이 옳을까 하며 시비를 거는 것은 옳은 일이 아니다. 비록 내가 세속에 머물러 있다 하더라도 내 마음이 봄볕을 비추는 곳을 찾아가고 있다면 그곳이 어디건 꽃이 필 것이 아니겠는가. 내 몸이 비록 청산을 가지 못한다 하더라도 내 마음이 봄볕을 향한다면 그곳에는 반드시 꽃이 피어날 것이 아니겠는가.

요즘도 눈을 감으면 내 마음엔 그때 그 무렵 내가 순례하였던 그 청산들과 그 산속에 숨어 있던 사찰들과 암자들의 모습들이 아련하게 떠오른다. 눈을 뜨면 아직도 나는 머리를 깎고 스님이 되고 싶은 꿈을 꾼다. 조그만 암자 속으로 들어가 온전한 내 모습과 싸우며 죽기를 각오하고 생사를 초탈하고 윤회에서 벗어나고 싶은 참 꿈 말이다. 밀라레빠 성자가 노래하였던 것처럼 모든 욕망 버리고 눈 쌓인 히말라야의 설산으로 가서 아무도 만나지 않고 아무도 모르게 수도하다가 아무도 모르게 죽어가는 그런 은수자隱修子가 되고 싶다.

가톨릭적 불교주의자

소설가 K형에게.

K형으로부터 편지를 받고 무척 반가웠습니다. K형이 제 소설 〈길 없는 길〉을 사서 읽으셨고, 그 책에 대한 독후감을 상세히 써주신 것에 대해서 저는 고맙기도 하고 감사하기도 하였습니다.

솔직히 말하면 저는 K형이 쓴 소설을 아직 한 편도 읽은 적이 없습니다. 죄송한 표현이지만 K형의 이름조차도 제겐 무척 생소하였습니다. 최근에 나온 어떤 문학지에서 K

형이 아직 서른 살 중반의 젊은 나이이며 평단에서 주목받는 소설을 쓰는 신예 작가라는 간단한 프로필을 읽은 적이 있을 뿐입니다.

하지만 이제 K형의 편지를 받고 보니 K형의 이름은 제 마음속에 기억되었으며 그로 인해 앞으로 실리는 K형의 작품은 찾아서 읽을 생각입니다.

K형.

이번에 A신문사에서 원고를 써달라는 청탁을 받고 저는 무척 망설였습니다. 왜냐하면 이미 그 비슷한 글을 쓴 적도 있고, 또한 글의 주제도 비슷한 것이어서 동일한 내용을 반복해서 쓸 수가 없기 때문이었습니다.

솔직히 작가가 소설이나 작품 아닌 것으로 자기 자신에 대해서 말하는 것은 전부 거짓말이라 할 수 있습니다. 작가가 작품이 아닌 다른 형태로 자신에 대해서 말을 하는 것은 자기 자신을 미화시키는 일종의 사기 행위라는 것을 저는 잘 알고 있습니다. 그래서 몇 번이나 쓰지 않겠다고 고사를 하다가 문득 저는 며칠 전 저에게 보내온 K형의 편지를 떠올렸던 것입니다.

문득 K형에 대한 답장 형식으로 글을 쓰면 괜찮지 않을까 하는 생각이 들었습니다. 그래서 감히 K형의 이름을 앞세워 편지의 형식을 빌려 이 글을 쓰고 있습니다. 이 점 후배 작가인 K형에게 참으로 죄송하게 생각합니다.

K형.

K형은 제가 쓴 〈길 없는 길〉이란 소설에 대해서 많은 질문을 하셨습니다. 어째서 감각적이고 도시적인 문학을 특징으로 하고 있던 제가 갑자기 삭발하고 스님이 되어 면벽수도나 한 것처럼 불교소설을 쓰게 되었는지 그게 몹시 이상하다면서 그 이유를 알고 싶다고 물어오셨습니다.

더욱이 K형은 제가 87년에 가톨릭에 귀의하여 '베드로'라는 영세명까지 받은 것을 알고 있는데 어째서 불교소설을 쓰게 되었는지 그 이유를 알고 싶다고 질문해 오셨습니다. 이 질문에 대답하는 것이 바로 A신문이 원고 청탁을 해온 주제와 어울리는 요즈음의 나의 삶, 나의 생각이 될 것이므로 저는 이 질문에 대해서 대답하겠습니다.

1988년 5월, 저는 그 무렵 한 일간지에 4년 동안 연재하던 〈잃어버린 왕국〉의 연재를 끝내고 평생 처음 아무것도 하지 않는 무위無爲의 나날을 보내고 있었습니다. K형이 지적하였듯이 87년 6월 저는 가톨릭에 귀의하여 영세를 받았는데 이것은 제게 있어 벼락을 맞는 충격이었습니다. 110V도 아니고 220V도 아닌 엄청난 벼락이 제 몸의 피뢰침을 향해 내리꽂혔습니다.

비유해서 표현하지만 저는 그 충격으로 인해 감전되어 즉사를 하였습니다. 햄릿이 그의 친구 호레이쇼에게 이런 말을 하지요.

"호레이쇼야, 이 세상에는 네가 모르는 것이 너무나 많단다."

햄릿의 이 말과 마찬가지로 영세를 받는 순간 저는 제가 정말 이 세상의 진리에 대해서는 하나도 모르던 사기꾼임을 깨닫게 되었습니다. 그 무렵 저는 매일 아침 새벽에 일어나 미사를 나가면서 이렇게 맹세했습니다.

'연재가 끝나면 그 이후부터는 2, 3년간 아무것도 하지 않으리라.'

마침내 연재가 끝나자 저는 제 스스로와의 약속을 지켰습니다. 무엇보다 우선 저는 제 집의 문을 걸어 잠갔습니다. 그 누구도 만나지 않았습니다. 그 누가 찾아오는 것도 원치 않았습니다. 그해 여름 저는 평생 처음으로 많은 책을 읽을 수 있었습니다. 주로 가톨릭에 관한 영적 독서물이었는데 어느 날은 집안 거실에 앉아서 앞집 지붕 위를 날아다니는 참새를 하루 종일 지켜보기도 하였으며, 어떤 날은 마당에 핀 해바라기 꽃을 하루 종일 바라보기도 하였습니다.

20년 동안 한 달에 천 장이 넘던 원고량은 《샘터》에 쓰는 20장의 〈가족家族〉이 전부였습니다. 먹고사는 생활비가 걱정되었지만 다행히도 〈잃어버린 왕국〉이 잘 팔려서 그것으로 먹고 살 수 있었습니다. 그러던 어느 날 우연히 불교에 관한 책을 읽게 되었는데 몹시 흥미가 있었습니다. 그래서 샘터사에 들러 불교에 조예가 깊은 소설가 J씨를 앞세워 종로 2가 조계사曹溪寺 근처 책방으로 가서 불교에 관한 책들을 십여 권 샀습니다.

그중의 한 권이 바로 경허의 법어집이었습니다. 그 책을 읽기까지는 경허가 누구인지, 우리나라 근래의 고승인지 아닌지 아무것도 모르던 저는 우연히 경허의 법어집을 읽다가 다음과 같은 경허의 선시를 읽을 수 있었습니다.

일 없음이 오히려 할 일이거늘
사립문 밀치고 졸다가 보니
그윽이 새들은 나의 고독함을 알아차리고
창 앞을 그림자 되어 어른대며 스쳐가네.

이 시의 한 구절 '일 없음이 오히려 나의 할 일(無事猶成事)'이라는 문구가 순간 저를 한 방망이로 두들겨 팼습니다. 이 말은 일찍이 중국의 선사 약산藥山이 오똑하게 앉아 있는데 그의 수좌가 "오똑하게 앉아서 무엇을 하고 계십니까" 하는 질문에 "생각할 수 없는 것을 생각하고 있네"라고 대답한 선기禪氣와 같은 내용으로, 어쨌든 저는 이 한 구절을 통해서 경허라는 두레박을 발견할 수 있었습니다.

이로부터 저는 경허라는 두레박을 타고 불교의 깊은 우물로 점점 더 깊이 들어갈 수 있었는데, 이때 저는 하루하루가 즐거운 나날이었습니다.

K형.

2000년 동안 우리 민족의 정신을 지배하여 마침내 우리 민족의 성격을 형성시킨 불교의 정신이야말로 우리 민족의 영혼임을 깨달았습니다. 제가 마침내 벼락을 맞아 하느님으로부터 깨닫게 된 진리와 불교의 사상은 결국 너와 나, 둘이 아닌 하나의 진리임을 저는 자각하였던 것입니다. 그런 의미에서 저는 '가톨릭적 불교주의자'이기를 원합니다.

뿐만 아니라, 해동海東의 우리나라에는 부처로부터 흘러

내려온 불의 등불이 활화산이 되어 2000년 동안 아직도 활활 타오르고 있음을 느꼈으며, 그것을 깨달았을 때 저는 진심으로 제가 이 나라에 태어난 사실에 대해서 깊은 자부심을 느낄 수 있었던 것입니다.

소설가 K형.

저는 K형이 정말 좋은 글을 쓰는 작가이기를 바랍니다. 좋은 글을 쓰기 위해서는 K형이 무엇보다 우선 좋은 사람이 되어야 할 것입니다. 만년필에 푸른 잉크를 넣으면 푸른 글씨가 나오며 붉은 잉크를 넣은 만년필에서 푸른 글씨는 나올 수가 없는 것과 마찬가지로 우리들 소설가들은 머릿속에 거짓과 욕망과 증오와 독선과 이기심이 가득 차 있는데 우리의 손끝에서 어떻게 바른 글과 좋은 글이 나오기를 바랄 수 있을 것입니까.

그런 의미에서 K형이나 저나 작가이기를 꿈꾸기보다는 수도자이기를 바라야 할 것이라고 저는 생각합니다. 그러기 위해서는 K형, 우선 과감히 문단을 떠나십시오. 예부터 수도를 하는 스님들은 모든 것을 버리고 청산으로 숨어 들어갔습니다.

K형, 작가에게는 문단이야말로 무서운 함정이라고 생

각됩니다. 그곳은 작가정신이 살아 있는 곳이 아니라 이
해상관으로 얽매인 먹이사슬의 하나의 조직체라고 말할
수 있습니다. 그곳에 어울리면 K형의 이름은 평론가에 의
해서 인정받아 조금쯤 더 알려질지도 모릅니다. 고독이
두려워서, 잊혀지는 것이 무서워서 끊임없이 모여서 서로
가 서로를 확인하는 작업은 사교에는 도움이 될지 모르
지만 작품과는 전혀 상관없는 일입니다.

소설가 K형.

일찍이 부처는 이렇게 말하였습니다.

숲속에서 묶여 있지 않은 사슴이

먹이를 찾아 여기저기 다니듯이

지혜로운 이는 독립과 자유를 찾아

무소의 뿔처럼 혼자서 가라.

저는 K형이 무소의 뿔처럼 혼자서 가기를 바랍니다.

K형이 진심으로 잊혀지는 작가가 될 수 있다면 아마도
K형은 정말로 잊혀지지 않는 작품을 쓰게 될 것입니다.
문학상을 받기 위해서 작가들을 만나서 친하려 하지 마
십시오. 작가를 유명하게 해준다는 출판사와 멀리하십시
오. 신문에 이름이 한 줄 나기 위해 담당 기자와 우정을

유지하지 마십시오. 끼리끼리 모이면 힘이 생겨서 영향력을 가질 수 있다고 생각해서 패거리를 만들려 하지 마십시오. 그런 것은 조직깡패들이나 하는 것입니다.

그 무엇에도 얽매이지 말고 그물에 걸리지 않는 바람처럼, 소리에 놀라지 않는 사자처럼, 오직 자기 자신만을 의지하고 무소의 뿔처럼 길 없는 길을 혼자서 가십시오. 그 모든 것으로부터 벗어나 자유로울 수 있을 때 K형의 작품에도 비로소 영성靈性이 깃들게 될 것입니다.

소설가 K형.

저는 K형의 작품이 오직 눈밝은 독자들에게 인정되어지기만을 기대합니다. 이미 K형의 이름을 외웠으므로 저는 이제 주의 깊게 문학지에 실린 K형의 작품을 읽을 것입니다. 앞으로 제가 읽는 K형의 작품이 내 가슴속에서 살아 물결치는 파도가 되어 감동시켜 주기를 저는 진심으로 바라고 있습니다.

안녕히 계십시오.

윤회와 업 輪廻業

잘 알려진 것처럼 인도는 현재 힌두교의 종교 국가지만 원래는 세계 4대 문명의 발상지이며, 세계적인 성인聖人인 부처가 탄생한 곳이다. 부처가 창시한 세계적 종교인 불교는 비록 지금은 발상지인 인도에서는 쇠퇴되어 그 흔적을 찾을 수 없지만 박물관 곳곳에 부처의 불상들로 남아 있다.

불교가 있는 곳에는 반드시 부처를 상징하는 불상이 있기 마련이다.

그런데 뉴델리 인도국립박물관에는 여타의 불상과는 다른 독특한 모습의 부처상들이 있다. 즉, 머리카락이 곱슬곱슬하고 코가 높은 유럽인의 모습을 하고 있는 서양인의 불상들이 산재하고 있는 것이다.

여기에는 유래가 있다.

기원전 2세기 후반, 그리스의 왕 메난드로스Menandros는 인도를 침략하여 한때 북인도 일대에 세력을 떨쳐 지배한 적이 있었다. 이때 그가 그리스의 서양문화를 인도에 전해 주어 그 영향으로 머리가 곱슬거리고 코가 높은 서양인 불상이 태어난 것이다.

그리스 왕 메난드로스를 인도인들은 '미란타'라 불렀는데 이 왕은 자신이 정복한 인도에 직접 와서 당시 인도의 국교였던 불교에 깊은 관심을 보였다. 그래서 왕은 당대의 유명한 고승이었던 나가세나 스님과 불교에 대해 토론을 벌였는데, 이때 왕과 스님이 나눈 대화가《미란타왕문경彌蘭陀王問經》이라 하여 경전으로 남아 있다.

불교에 전혀 문외한인 그리스 왕에게 불교를 설명해 주는 나가세나 스님의 대답은 불교의 문외한인 우리들에게도 깊은 인상을 남겨 주고 있다.

특히 불교의 윤회輪廻사상과 업業을 이해하지 못하는 미

란타 왕과의 다음과 같은 대화는 절묘한 동양과 서양의
조화를 이루고 있다.

미란타 왕이 다음과 같이 묻는다.

"스님, 스님들은 '지옥의 불은 보통의 불보다 훨씬 더
뜨겁다. 보통 불속에 던져진 조약돌은 하루에 녹지 않지
만 큰 집채만 한 바위도 지옥에 들어가면 순식간에 녹아
버린다'고 말을 합니다. 나는 이 말을 믿지 않습니다. 또
스님들은 '지옥에서 태어난 생명체는 수십만 년 동안 지
옥불 속에서 타더라도 녹아 없어지는 일이 없다'고 합니
다. 나는 이 말도 역시 믿지 못합니다. 어떻게 생각하십니
까?"

이에 나가세나 스님이 대답한다.

"왕이시여, 암악어와 암거북이 단단한 돌멩이나 자갈을
먹습니까?"

"그렇습니다."

"돌멩이나 자갈이나 모래는 거북의 뱃속에 들어가면 녹
아 버립니까?"

"그렇습니다."

"그렇다면 뱃속에 든 그들의 태아도 녹아 버립니까?"

"그렇지는 않습니다."

"어찌하여 자갈도 돌멩이도 다 녹는데 태아는 녹지 않습니까?"

이에 미란타 왕이 대답한다.

"업 때문에 녹지 않는다고 생각합니다."

나가세나 스님이 대답한다.

"그와 마찬가지로 지옥에서 태어난 생명체는 수천 년 동안 지옥불 속에 있어도 업 때문에 녹지 않습니다. 그 생명체는 지옥에서 태어나 지옥에서 자라 지옥에서 죽습니다. 그래서 부처님께서는 '악업이 소멸될 때까지 죽지 않는다'고 말씀하신 겁니다."

이 탁월한 비유처럼 윤회와 인연에 따른 업은 불교 교리 중의 핵심이다.

원인이 있으면 결과가 있고, 좋은 인연을 맺으면 좋은 업을 이루고, 나쁜 인연을 맺으면 나쁜 업을 이룬다는 불교의 진리를 설명한 나가세나 스님의 탁월한 설명을 통해서 우리는 '옷깃만 스쳐도 전생에 인연이 있다'는 불교를 실감하게 되는 것이다.

허공에 뱉은 말 한마디도 그대로 사라져 버리는 법이

73

없다. 자신이 지은 아무리 가벼운 죄라고 할지라도 그대로 소멸되어 버리는 법은 없다. 인간이 하는 모든 행동은 그대로 씨앗이 되어 민들레 꽃씨처럼 날아다닌다. 나쁜 생각과 나쁜 행동들은 나쁜 결과를 맺고 악의 꽃을 피운다. 나쁜 행동들은 독의 화살이 되어 남을 해치고 마침내는 자신의 심장을 끊어 자신을 해치는 것이다.

마찬가지로 좋은 행동과 선행은 그대로 사라지는 법이 없이 샘을 이루고 내를 이루고 강을 이루고 생명의 바다로 나아가는 것이다. 마치 미란타 왕의 깊은 불심 하나가 뉴델리 국립박물관의 수많은 불상의 모습을 그리스인의 얼굴로 변화시킬 수 있었듯이.

그렇다.

생각은 행동을 낳고, 행동은 습관을 낳고, 습관은 성격을 낳으며 습관은 운명을 낳는다. 우리의 운명을 바꾸기 위해서는 무엇보다 먼저 우리의 생각을 바꾸지 않으면 안 되는 것이다.

경허
선사 해
의 탈
법
문

살아생전 아무것에도 걸리지 않는 무애행無碍行으로 숱
한 일화를 남겼던 경허 선사는 출가하면 부모나 가족을
버리는 여타의 수도자와는 달리 어머니를 자신의 거처
가까운 곳에 모시고 수행을 하였다.

　그가 충청남도 서산 천장사天藏寺에서 보임保任 생활을
하고 있을 때였다. 하루는 경허 스님이 자신의 어머니를
위하여 법문을 한다고 온 대중을 모아들일 것을 내외에
전하였다.

유명한 고승의 법회라 수많은 대중들이 모여들었고 경허 스님은 시자侍者에게 어머니를 모셔 올 것을 분부하였다. 시자가 그 뜻을 어머니에게 전하며 큰스님으로 존경을 받고 있는 아드님의 법회法會에 가시기를 권하였고, 그 어머니 되시는 할머니는 자신의 아들인 경허가 어머니인 자신을 위해서 특별한 법문을 한다고 하니 기뻐서 그 즉시로 옷을 갈아입고 대중이 모여 있는 큰방에 들어가 향을 피우면서 정성을 다하여 경의를 표하였다.

그때 경허 스님은 묵묵히 앉아 있다가 어머니를 위한 특별법문을 한다고 말하면서 벌떡 일어나 옷을 벗기 시작하였다. 그리고 완전히 벌거벗은 나신裸身이 된 후 어머니 앞에 서서 다음과 같이 말하였다.

"어머니, 저를 보십시오."

어머니는 무슨 심오한 설법을 자신을 위해 해줄 줄만 알고 크게 기대하고 있다가 이 해괴한 짓을 보고 크게 노하여 소리치면서 말하였다.

"도대체 이런 법문이 어디 있단 말인가."

그리고는 법석法席을 박차고 나가 자기 방으로 들어가서 굳게 문을 닫아 버렸다. 어머니를 위한 특별법문을 기대하고 있던 여러 대중들은 이 뜻 모를 돌발 사태에 넋이

나가서 모두들 벌거벗고 버티고 선 큰스님을 멍하니 쳐다볼 뿐이었다. 아연한 회중들에게 경허 스님은 크게 웃으면서 다음과 같이 말하였다.

"저래 가지고 어찌 남의 어머니 노릇을 할 수 있단 말인가. 내가 아주 어렸을 때는 이 몸을 벌거벗기며 씻기며 안고 빨고 하시더니 지금은 어찌 그리 못하시는 것인가. 아들인 내가 그때의 나와 무엇이 달라졌단 말인가."

기상천외의 이 해탈법문解脫法門에 관해서 자세한 설명은 없다. 다만 미뤄 짐작하건대 아들 경허는 예나 지금이나 다름없이 어머니를 어머니로 보고 벌거벗은 것인데 어머니는 경허 스님을 더 이상 아들로 보지 않고 하나의 다른 성인으로 보아 그의 벌거벗은 몸에서 수치와 분노를 함께 느낀 것이다. 변한 것은 아무것도 없다. 어머니는 여전히 어릴 때의 어머니요, 아들은 여전히 벌거벗기며 씻기며 안고 물고 빨고 하시던 어릴 때의 그 아들이다. 어린 아들을 벌거벗겨 씻길 때는 아무런 수치를 느끼지 않았음에도 어찌 같은 아들인 경허 스님의 나신 앞에서는 수치와 분노를 느낄 수 있단 말인가. 어머니와 아들의 모자관계는 예나 지금이나 변함없이 같건만 달라진 것은

아들을 대하는 어머니의 '마음'이 달라진 것이다. 아들인 경허 스님은 어머니를 변함없이 어머니로 생각하여 벌거 벗었건만 어머니는 더 이상 경허 스님을 아들로 생각지 않았던 것이다. 그를 아들이라 부르고 있던 것은 그저 하나의 혈연일 뿐 마음속으로는 아들을 다른 하나의 외간 남자로 생각하고 있었던 것이다. 이러한 허구를 경허 스님은 수많은 대중들이 모인 법당 안에서 스스로 벌거벗음으로써 충격을 가해 우리의 낡은 인식의 허물을 벗기려 하였던 것이다.

경허 스님은 어머니에게 이러한 말을 듣기 원함이었으리라.

"얘야, 여기가 어디라고 벌거벗느냐. 감기 들겠다. 어서 옷 입어라."

경허 스님은 어머니에게 벌거벗겨 목욕시켜 주고 씻기며 물고 안고 빨아 주시던 어린 날의 기억을 되살리고 싶었는지도 모른다.

내게도 경허 스님과 같은 추억이 있다. 중년이 넘은 나이에도 어머니를 떠올리면 나를 벌거벗겨 목욕시켜 주고 때를 밀어 주고 물고 안아 주시던 어린 날의 기억이 떠오른다. 요즈음엔 특히 어머니와 함께 목욕하던 장면들이 자주자주 떠오른다.

내 어렸을 때, 목욕은 하나의 사치였다.

학교에서 신체검사하기 전날이나 위생검사 하기 전날에야 더운물을 한 솥 데워다가 부엌 한쪽에 쭈그리고 앉아서 목욕하는 것이 고작이었다. 그럴 때면 어머니는 한 구석에 앉아서 연탄 불로 데운 더운물을 아껴가면서 더운물에 찬물을 알맞게 섞어 내가 앉은 양푼 대야 속 물이 식지 않으라고 이따금씩 쏴쏴 부어주곤 하셨었다.

지금도 기억난다.

부엌의 60촉 알전구 불빛은 잔뜩 흐린데다 더욱 김이 부옇게 스며들어 부엌은 안개가 낀 듯 희미했었다. 유리문 바깥으로는 겨울바람이 덜컹거리고 이따금씩 부엌 천장으로는 쥐들이 우르르우르르 떼 지어 달려가곤 하였었다. 한기가 들어 감기 걸리지 말라고 어머니는 더운물을 데우는 솥에서 바가지로 물을 퍼서 내 등에 흠뻑 뿌려주었으며, 어디서 구해 오셨는지 때를 미는 깔깔이 수건으로 무슨 웬수나 진 듯 내 등을 빨래판처럼 박박 밀어대곤 하였었다. 그럴 때면 어마어마한 때가 새까맣게 묻어나왔다.

'아이구야, 아이구야. 사람 잡네' 하며 나는 엄살 섞인 짜증을 내며 이렇게 소리를 지르곤 하였었다. 얼마나 세게 밀었으면 살갗이 벗겨져내려 진짜로 찰과상을 입은 적이 한두 번이 아니었다. 때를 벗기고 나서 더운물을 부어내리면 온 살갗이 아리고 쓰라렸었다. 그래도 어머니는 막무가내였다. 어머니의 손은 막무가내로 때를 벗기고 사타구니를 씻어내렸었다. 어쩔 수 없이 고추가 빳빳해지면 어머니는 소리가 나도록 엉덩이를 찰싹 때리곤 하였으며, 그러면 신기하게도 제풀에 가라앉았다.

목욕이 끝날 무렵이면 어머니는 화단에 물 주던 물뿌리개를 가져와 그 속에 더운물과 찬물을 알맞게 섞어 넣어 들고 내 머리를 빨랫비누로 박박 감기기 시작하셨다. 그 독한 양잿물로 머리를 감고 또 감았는데도 아직까지 대머리가 안 되었다는 것은 참으로 이상한 일이다. 머리통을 이리 쑤시고 저리 긁고 손톱을 세워 박박 문지르면 또다시 나는 아이고 아이고 비명을 지르곤 하였었다. 그런 뒤에 함석으로 만든 물뿌리개에서 알맞게 데운 물이 쭈르르르 쏟아질 때의 그 기쁨이란.

채송화에, 봉숭아에, 물 주던 그 함석 물뿌리개로 머리를 감을 때 비눗물을 씻어내리는 그 지혜를 어디서 배우

셨을까. 어머니는 길거리에서 열려진 이발관 문틈으로 이 발사 아저씨들이 사용하시던 그런 수법들을 눈여겨봐 두 셨다가 내 머리를 감겨주실 때 써먹어보신 걸까. 목욕이 끝난 뒤 물뿌리개로 내 머리를 헹궈내실 때, 마치 총정리 하시듯 나를 일으켜 세운 뒤 내 어깨와 머리 위에 물뿌리 개로 물을 정결히 부어내릴 때면 그것은 마치 목욕이라 기보다는 차라리 전쟁이 끝난 뒤 평화를 느끼게 하는 단 비와도 같은 느낌이었다.

그렇다. 어머니는 채송화와 봉숭아에 물을 주듯 내 몸에 물을 주어 나를 자라게 한 것이다.

그런 날 밤이면 잠은 얼마나 맛있었던지. 잠은 꿈보다 달고 꿈은 죽음보다 깊었다. 잠결에 손을 내복 사이로 집 어넣어 배꼽을 가만히 만져보기도 하였었다. 언제나 때가 끼어 꺼칠꺼칠하던 배꼽은 셀로판지처럼 매끄럽고, 겨울 이면 터지고 터져 언제나 글리세린을 바르던 손등도 그 날 밤에는 매끄러운 옥수玉手였었다.

아주 드물게 나는 어머니와 둘이서 동네 목욕탕에 가기 도 하였었다. 지금은 흔한 목욕탕이 그땐 왜 그리도 멀던 지. 목욕 한번 가려면 어머니는 북만주로 이주를 떠나는 유랑민처럼 세숫대야에 비누, 수건들을 가득 담아 들고

먼 길을 떠났었다. 나는 알고 있었다. 그 세숫대야 속에는 간단한 빨랫 가지도 들어 있음을. 어머니는 간혹 목욕탕에서 창피를 당하곤 하셨는데 공짜로 뜨거운 물을 펑펑 쓸 수 있어 간단한 빨래거리들을 목욕탕으로 가져와 몰래 빨곤 하시다가 목욕탕 주인에게 들키곤 하였기 때문이다. 그런데도 어머니는 목욕탕 가실 때마다 여전히 빨래거리들을 암시장에 나가는 쌀장수처럼 몰래 숨겨 갖고 들어가시곤 하셨었다. 남의 눈치가 보이면 내게 옷을 대여섯 개 껴입게 하셨는데 그것은 내가 감기 걸릴까 걱정되어서가 아니라 빨랫감을 들고 가기보다 입혀 가는 게 편하기 때문이었다. 나는 목욕탕에 갈 때면 으레 대여섯 개의 윗도리에다 대여섯 개 정도의 바지와 내복을 껴입곤 하였었다.

목욕탕 가는 길에도 어머니는 쉴 새 없이 내게 주의를 주었다.

"너 몇 살이지?"

"아홉 살."

"초등학교 몇 학년?"

"3학년."

나는 중학교 들어갈 때까지 어머니를 따라 여탕에 들어

갔다. 정확히는 기억되지 않는데 초등학교 4학년 때부터 인가, 열 살 이상부터인가 그때부터는 목욕비를 반값이 아닌 온값을 모두 받는 것이어서 나는 초등학교 6학년이 되도록, 나이가 열세 살이 되도록 언제나 초등학교 3학년에 언제나 아홉 살이었다. 다행스럽게도 참으로 다행스럽게도 나는 키가 작고 성장이 더뎌 성장이 멈추어 버린 난쟁이와 같았었다. 우리는 어떻게 해서든 목욕탕 문을 지키고 있는 무서운 주인의 눈을 속여야 할 필요가 있었던 것이다. 나는 참 치사했다. 어린 나이에도 참 치사했다. 난 정말 내가 비록 키가 작아 난쟁이 같았지만 내 나이 그대로 말하고 내 학년 그대로 말하여 어엿한 성인 대접을 받고 싶었다. 목욕비 반값과 목욕비 온값의 차이는 정말 작은 액수에 지나지 않는다. 그 작은 돈을 아끼기 위해서 거짓말을 하고 또 하고, 목욕탕 주인 앞에 다가갈 때는 무릎을 낮추어 키를 더 작게 하고 일부러 어린애처럼 손가락을 빨곤 하였었지.

"너 몇 살이지?"

"아홉 살."

일부러 어린애 같은 목소리로.

"몇 학년?"

"3학년이요."

일부러 재롱을 떨면서.

지금은 어머니를 이해할 수 있다.

어머니가 내게 나이를 속이고 학년을 속이게 한 것은 꼭 목욕비를 아끼기 위해서가 아니라 성인 값을 낼 때에는 더 이상 어머니를 따라 여탕에 들어갈 수 없으므로, 나를 분가시켜 남탕으로 보내지 않고 어린아이 그대로 머물게 해서 언제까지나 자신의 곁에 머물게 하고 싶은 애정 때문이었다는 것을. 그러나 그 당시에는 참으로 부끄럽고 창피하였다. 운 좋게 목욕탕 주인의 눈을 피해 탕 안으로 들어갈 수 있었다 해도 여탕에 들어가면 이번에는 벌거벗은 여인들이 흘깃흘깃 나를 쳐다보다가 어떤 여인들은 노골적으로 어머니에게 항의를 하곤 하였었다.

"애가 몇 살이에요?"

"아니 왜요?"

"앤 어린애가 아닌 것 같은데…"

여인들은 본능적으로 아이와 어른의 눈을 구별해 내는 영감이 있는 모양이다. 맹세코 나는 중학교 1학년 때까지 성에 눈뜨지 못하였었다. 어머니를 따라 여탕에 들어가도 그저 그뿐이었다. 일부러 새초롬히 뜨고서 몰래몰래 여자들의 몸을 훔쳐보는 짓거리는 절대로 하지 않았다. 그런데도 여인들은 내 모습에 민감하였다. 그도 그럴 것이 아무리 키가 작아도 초등학교 6학년 아이를 3학년으로 절반이나 뚝 떼어 속일 수가 있겠는가.

"얘가 왜 어린아이가 아니에요."

어머니는 일부러 나를 일으켜 세워 보이곤 하였다. 아아, 그때 내 벌거벗은 몸으로 쏟아지던 여인들의 매서운 시선의 화살들.

"얘, 너 몇 살이냐?"

목욕탕 주인과는 비교가 되지 않는 여인들의 날카로운 질문. 수건으로 부끄러운 곳을 가리고서 나를 문초하던 그 여인들. 지금은 모두 할머니가 되었을 그 아가씨들은 뭐가 부끄러워 나를 그토록 미워하였을까.

"아, 아홉 살이요. 아, 아홉 살이요."

그러할 때 나는 내가 그녀들과 다른 신체적 구조를 가졌다는 것이 얼마나 수치스러웠던지. 허락된다면 가위로 싹둑 그 부분을 잘라 버리고 싶었다. 한번 목욕탕에 가면 얼마나 진을 뺐던지, 어머니는 그곳에서 빨래도 하고 뜨거운 물속에 대여섯 번 들어갔다 나오시고, 어떨 때는 욕탕에 드러누워 아예 잠까지 주무셨다. 그래서 목욕탕에서 나올 때면 손이란 손은 모두 쭈글쭈글 수분이 빠져나와 한꺼번에 늙어 버리고 발가락도 퉁퉁 부어 버리곤 하였었다.

나는 지금도 기억한다. 어머니는 욕탕에 들어가실 때마다 수건으로 배 부분을 가리셨다. 언제나 그러하셨다. 어머니가 그러시는 것은 부끄러운 곳을 가리는 다른 여인들과는 다른 행위였다. 다른 여인들은 부끄러운 곳만 가렸지 어머니처럼 배 전체를 가리지는 않았다. 나는 왜 어머니가 같은 여인들에게도 자신의 배를 가리고 싶었던가를 잘 알고 있다. 어머니의 배는 배가 아니다. 그것은 터지고 찢기고 꿰매고 상처 난 걸레 조각이었을 뿐이었다. 어머니는 3남 3녀의 우리들을 낳으셨다.

그뿐만이 아니다. 낳자마자 죽어 버린 쌍둥이와 어렸을 때 돌아가신 누이까지 합하면 아홉 명의 아이들을 배고 또 낳으셨다. 야구팀을 짜도 될 만한 숫자의 아이들을 그 작은 몸으로 배고 낳으셨던 것이다. 그러니 그 배가 성할 리가 없다. 한껏 아이를 배었다 낳으면 그 팽팽했던 흔적이 균열을 일으켜 보기 흉한 자국을 남긴다. 이런 고통이 평생을 두고 어머니에게 이어져 내려온 것이다. 하나의 아이가 그 뱃속에서 자라고 나오기까지 어머니의 배는 얼마나 찢기고 터지고 균열을 일으키는 것일까. 해마다 자라는 나무의 눈금이 나이테를 이루듯 아홉 명의 아이들이 그 배를 나와 태를 끊고 탄생되었다. 그러기까지 어머니의 배는 얼마나 찢기고 터졌을 것인가.

어머니.

어머니와 함께 갔었던 어린 날의 목욕탕 장면이 요즈음 자꾸 머리에 떠오릅니다. 참 그땐 즐거웠었지요. 어머니, 경허 스님이 보여주셨던 법문처럼 이제 저는 나이가 들어 어머니와 그 어린 날의 목욕탕에 함께 들어갈 수는 없습니다. 목욕탕 주인이 문 앞에서 저를 들여보내지도 않겠지요. 아니, 그 목욕탕 주인이 들여보내 준다 해도 이제는 어쩔 수가 없지요. 어머니는 이 세상에 아니 계시고 나는 아직 이 세상에 남아 있으니까요.

기억나세요, 어머니.

중학교 1학년 때인가. 그 지긋지긋하던 여탕에서 벗어나 성인으로서의 독립을 선언하던 날, 어머니는 남탕으로 들어가는 내 등 뒤에다 대고 몇 번이고 이렇게 소리치셨지요.

"꼭꼭 때를 밀어라. 머리는 세 번씩 감고. 물이 뜨겁다고 욕탕에 안 들어가서는 안 된다."

어머니는 여탕으로, 나는 남탕으로 들어간 그 첫날. 어머니는 여탕 쪽에서 이따금씩 내게 이렇게 소리쳤었지요. 그땐 남탕 여탕이 비록 칸막이가 되어 나뉘어 있었지만 허공으로는 통하여 어머니가 소리 지르면 그 소리가 그대로 내 귓가에 그렁그렁 들려왔었지요. 목욕탕 안이 울려 그대로 메아리가 되어 울려 퍼지곤 하였지요.

"깨깨 씻어라. 깨깨 씻어라, 인호야(꼭꼭 씻으라는 말의 이북 사투리)."

"알겠어요, 어머니."

"머리도 세 번씩 감고."

"알겠어요, 어머니."

"뜨거운 물에는 들어갔었냐?"

"들어갔었다구요."

내가 꼬박꼬박 대답하는 것을 보던, 뜨거운 욕탕에서 하나, 둘, 셋, 넷 하고 천까지 헤아리던 할아버지가 내게 이렇게 말했었지요.

"네 어머니냐?"

"네."

"극성스럽기도 하구나. 지독한 어미로군."

어머니.

지금도 기억하고 있습니다. 이제 그만 나가자 - 하고 소리 질러 댄 후 어머니는 여탕에서 나오시고 제가 남탕에서 나온 그 목욕탕 앞길에는 이미 어둠이 내려져 있었지요. 어머니는 제가 깨깨 때를 씻었나 쭈글쭈글 물기가 빠져나간 손등을 꼼꼼히 검사하셨지요. 어머니, 그때가 참 그리워요. 어머니, 그때 어머니는 웬 떡으로 내게 만두를 사주셨지요. 둘이서 중국집 창가에 앉아서 접시에 나온 만두를 하나씩 둘씩 나눠 먹었지요. 하나 남은 만두를 내게 먹으라고 자꾸 밀어 주셨지요. 어머니, 제가 대견스러워서 만두를 사주셨나요?

어머니, 나를 열 달이나 그 뱃속에 품으셨다 산고 끝에 낳으셔서 더 찢어지고 더 터진 그 배는 이제 먼지가 되어 썩어 가고 있겠지요.

어머니.

나이가 들수록 옛일이 자꾸 생각나요. 어머니와 둘이서 그 옛날로 되돌아가 그 옛날의 목욕탕으로 가보고 싶어요. 목욕탕 주인이 내게 몇 살이냐고 물으면 나는 이렇게 대답할 겁니다.

"아홉 살이에요, 아저씨. 초등학교 3학년이구요."

흙
한줌
속의
비밀

지난봄이었던가. 정원에 앉아 있다가 장미나무 그늘 아래에서 무엇인가 팔짝팔짝 뛰어 깜짝 놀라 살펴보니 아주 작은 청개구리 한 마리였다. 이 도시의 정원에 청개구리 새끼라니. 깜짝 놀라서 눈을 비비고 개구리를 다시 보니 벌써 어디론가 사라지고 없어 내가 잘못 보았던가 까마득히 잊어버리고 있었다. 그런데 지난 초여름 잔디를 깎다가 뭔가 팔짝팔짝 뛰면서 영산홍나무 가지 사이로 숨어 버리는 물체가 있어 재빨리 뛰어 달려가 바라보니 어린아이 주먹만 한 개구리 한 마리였다. 개구리는 그늘진 나무숲 사이에 숨어 가만히 앉아 있었으므로 나는 비로소 찬찬히 살펴볼 수 있었다.

지난봄 잘못 보았던 그 청개구리가 자라서 어른 개구리가 되었는가 살펴보았더니 청개구리는 아니고 그냥 평범한 흑갈색 개구리 한 마리였다.

도대체 이 개구리 한 마리가 어디서 찾아왔는가. 나는 신기해서 한참을 쳐다보았었다. 우리 정원 잔디밭에 개구리 한 마리가 살고 있다는 소문은 여기저기 퍼져서 아내는 어느 날 내게 이렇게 말하였다.

"우리 집 정원에 개구리가 있어요, 여보."

아들 녀석도 어느 날 잔디밭에 나갔다가 맨발로 뛰어와 소리쳐 말하였다.

"개구리다, 개구리. 우리 집에 개구리 한 마리가 살고 있다."

맨발로 뛰어오는 아들 녀석의 기쁜 표정은 마치 우리 집 정원에서 유전油田이 발견되었다는 기쁨보다 훨씬 더 강렬한 것이었다.

아들의 표현대로 우리 집 마당에 개구리 한 마리가 숨어 살고 있다. 그는 도대체 어디서 왔을까. 이 도시의 한

복판 정원 속에서 어떻게 잉태되고 어떻게 태어났음일까.

정원에 나갈 때마다 우리들은 그 영산홍나무 가지 아래의 수풀을 한참 들여다보곤 한다. 행여 그 나뭇가지 그늘 어디엔가 개구리가 숨어 있다 인기척에 놀라 팔짝 뛰어오르기라도 하면 우리는 우리의 정원이 우리와 함께 살아 생명력을 지니고 숨 쉬고 있는 것 같은 기쁨으로 소리를 지르곤 한다.

"개구리다, 개구리. 개구리가 나타났다. 개구리가 나타났어."

가족 중의 하나가 소리 지르면 우리들은 하던 일을 멈추고 모두 맨발로 달려가 개구리를 우리 가족의 구성원인 것처럼 기뻐 쳐다보고 손뼉을 치며 반가워한다. 정원에서 살고 있는 것은 개구리뿐이 아니다. 한낮에 잔디밭을 걸어가면 이따금 풀 사이에서 날개를 접고 잠자던 나방들이 놀라서 푸드덕 날아오르곤 하는데 이 나방들을 먹기 위해서 하루에도 수백 마리가 넘는 참새떼들이 날아오곤 한다. 아침잠이 많은 나는 으레 새벽이면 떼지어 지저귀는 참새떼들의 재잘거리는 울음소리에 눈을 뜨곤 한다. 도대체 저 참새떼들이 무엇을 먹을 것이 있어 정원의 나뭇가지로 날아오고 저렇게 시끄럽게 잔디밭 위에서 뛰어노는가 궁금해서 오랫동안 살펴보았더니 참새들은 잔디밭 위를 뒤져, 한밤중을 날아다니다가 피곤하여 지쳐 풀섶에 잠든 나방들을 사냥하여 사이좋게 나눠 먹고 있음을 알 수 있었다. 이 황량한 도시의 어느 곳에서 저렇게 많은 새들이 알로 태어나고, 부화하고 새끼가 되어 자라나 저렇게 날아다니면서 노래를 부르고 사이좋게 먹이를 나눠 먹고 있음일까.

아침마다 날아오는 새들이 고마워서 나는 일간 나무로 만든 새집을 하나 사다가 나뭇가지 위에 걸어 줄 생각이다. 정원에 날아드는 새는 참새들뿐 아니라 이름도 모르는 새들도 꽤 많이 있어 그들의 노랫소리도 제각각이고 그들의 모습도 제각각이어서 새집을 사다가 나무 위에 걸어두면 분명히 집새 한 마리쯤은 그 안에 들어가 알을 낳고 살림을 차릴 것이다. 나는 그 새에게 전셋돈도 받지 않고 무상으로 호화주택을 분양해 줄 생각이다.

살아 있는 것이 어디 새와 개구리와 나방 같은 동물뿐이랴. 살아 숨 쉬는 것은 그 밖에도 많이 있다.

1394년에 태어나 1481년에 죽은 일본의 선승禪僧 잇큐—休는 일본 황실의 피를 받은 황자皇子였지만 왕비의 질투로 궁에서 물러나 스무 살에 승려가 되었다.

그리고 6년 후. 까마귀 울음소리를 듣고 깨달음을 얻었던 그는 평생 일본 최고의 선시禪詩들을 150여 편 써 남겼는데 그의 시 중에 다음과 같은 절창이 있다.

벚나무 가지를
부러뜨려 봐도
그 속엔 벚꽃이 없네.
그러나 보라. 봄이 되면
얼마나 많은 벚꽃이 피는가.

정원에는 돌아가면서 아주 작은 나무들이 심어져 있다. 새집을 지어 이사 왔기 때문에 정원에는 아주 어린 나무들이 심어져 있는데 이 모든 나무들과 꽃들이 우리 가족들과 더불어 함께 살아 숨 쉬고 있다. 먼젓번 살고 있던 집에서 모과나무 한 그루를 캐다가 이식移植한 것이 가장 큰 나무이고 보면 우리 집 정원은 어린 나무들의 유치원인 셈이다. 그런데도 감나무는 감나무대로 잎을 피우고 대추나무는 그것대로 싹이 자란다. 한 해 터울로 열매를 많이 맺고 적게 맺곤 해서 작년에는 겨우 네 개의 열매를 맺었던 모과나무가 올해는 많이 열리는 해이긴 해도 이식하여 옮긴 그 첫해라, 나무도 몸살을 한다던데 제대로 열매를 맺을까 염려하였음에도 다닥다닥 가지마다 새파란 모과 열매가 무수히 맺혀 있다. 잇큐의 시처럼 그 한겨울에 저 혼자만 우리 식구와 함께 이사 와서 덩그러니 한설寒雪 몰아치는 정원에 홀로 서 있던 모과나무라 혹시 죽지 않았을까 나는 몇 번이고 모과나무 가지를 부러뜨려 보기도 하였었다.

정원사의 말인즉, 한겨울에 옮겨 심은 나무라 살 가능성 반, 죽을 가능성 반이라던데 더욱이 보일러 기름을 넣을 때 기름이 넘쳐 나무뿌리 부분을 적셨으니 죽을 가능성이 더 많다고 하여 나는 가슴도 아프고 슬퍼서 행여 그 나무가 죽어버릴까 자주자주 나뭇가지를 부러뜨려 보았었다. 정원사의 말인즉, 살 나무는 봄이 되어 가지를 부러뜨려 보면 그 안에 새파란 수액樹液이 흐르고 있어 물기로 촉촉이 젖어 있다는 것이었다.

조급한 성격의 나는 하루에 한 번쯤은 나무껍질을 손톱으로 긁어 보고 나뭇가지를 부러뜨려 보기도 하였는데 그러나 그 가지 속에는 잇큐의 시처럼 아무것도 보이지 않았다. 그러나 보라. 때가 되어 봄이 되자 모과나무에는 연분홍 수줍은 꽃들이 일제히 피어나더니 잎새도 눈부시게 피어나고, 그 꽃잎마다 알 수 없는 곳에서 날아온 벌들과 나비들이 꽃가루를 모아 열매를 맺게 하더니 저리도 많은 모과가 열리게 하였다. 이 얼마나 놀라운 일인가. 이 황량한 도시의 어느 곳에서 벌들은 날아오고 이 도시의 어느 곳에서 나비는 살아 날아다니고 있음인가. 어디서 불어와서 어디로 불어가는지 알 수 없는 바람도 그냥 제 멋대로 불어 가는 것은 아니어서 화분花粉들도 함께 실어 날라 꽃사과의 꽃잎을 떨어뜨리더니, 어느새 저희들끼리 짝짓고 저희들끼리 신방을 차리고 임신케 하여 어느 날 갑자기 나무 가지가지마다 꽃사과의 열매들이 주렁주렁 매달리게 하였다. 잇큐의 시처럼 감나무의 가지를 부러 뜨려 봐도 감은 보이지 않고 대추나무의 가지를 부러뜨려 봐도 대추는 보이지 않는다. 그럼에도 불구하고 이제 가을이 오면 감나무에는 감이 주저리주저리 열리고, 대추나무에는 대추가 주저리주저리 열릴 것이다. 그들을 위해 내가 따로 할 일은 없다. 그저 내버려 두면 그뿐일 것이다. 태양은 제가 알아서 알맞게 온도를 재어 열매를 숙성시킬 것이며 때맞춰 내리는 빗물은 저희들끼리 알아서 그들의 갈증을 채워 주고 메마른 나무의 뿌리를 적셔 줄 것이다.

모과나무에서는 노오란 모과들이 알알이 열매 맺어 향

기를 피울 것이고 나무 그늘 속에 숨어 살던 개구리가 만약 우리 집식구의 희망사항처럼 죽지 않고 그때까지 살아 있다면 아마도 우리 집 땅속을 파고들어가 그 속에서 기나긴 겨울잠을 잘 것이다.

이 모든 것이 흙 한 줌에서부터 나오는 것이니 아아, 흙이란 얼마나 신비한 것인가. 잇큐의 시처럼, 그대 나아가 뜨락의 흙 한 줌을 떠서 가만히 들여다보라. 그 흙 한줌 속에는 아무것도 없다. 그런데도 보라. 그 아무것도 없는 흙 한줌 속에서 나무가 자라고, 꽃이 피어나고, 풀이 우거지고, 개구리가 태어난다. 그 흙 한줌 속에서 감이 열리고, 대추가 매달린다. 우리의 육체도 그 흙 한 줌에서 비롯되어 태어난 것이니, 아아, 우리는 누구인가. 그리고 어디로부터 와서 어디로 가고 있음인가.

마음의 눈

몇 해 전의 일이었다. 하루에 한 번씩 목욕을 하는 것이 유일한 취미인데 단골 목욕탕은 마침 내부 수리 중이라 다른 목욕탕에 들어가 뜨거운 사우나실에서 땀을 뻘뻘 흘리고 있을 때였다.

옆에 앉아 있던 한 사람이 나를 툭툭 치면서 말하였다.

"인호 아니냐?"

나는 그 사내를 쳐다보았다. 나보다 먼저 들어와 땀을 흘리며 앉아 있던 그 사람은 뜨거운 내부의 열기로 얼굴

빛이 낮술이라도 마신 듯 붉어진 채로 나를 보고 환히 웃고 있었다.

"누구신지?"

전 같으면 잘 몰라도 되묻는 게 미안해서 아는 체 얼렁뚱땅 악수하고 다음에 또 만나자는 인사치레를 나누고 헤어지곤 하였었는데, 요즈음 나는 잘 모르는 사람이 아는 체를 하면 꼬박꼬박 묻곤 한다. 왜냐하면 그건 부끄러운 일이 아니므로.

그러자 그가 대답했다.

"나야 나. 학동이야."

옷을 입은 채가 아니라 아무런 신체적 특징이 드러나지 않는 벌거숭이의 맨몸으로 목욕탕에서 사람을 만나면 참 난감해진다. 옷에도 그 사람만이 가진 특징이 있고 머리 모양이나 구두, 장신구에도 그 사람만의 냄새가 있다. 게다가 목욕탕에서는 안경을 쓰던 사람도 대부분 안경을 벗게 마련이어서 벌거숭이의 맨몸으로 만나면 평소에 아는 사람도 좀 낯설어 보이는 법이다. 신체적 특징이야 너나 할 것 없이 똑같이 달고 있는 물건뿐인데 그것으로 어떻게 사람을 구별할 수 있을 것인가.

그러나 나는 그 사람이 그렇게 대답하자 순간적으로 40

여 년의 세월을 뛰어넘어 타임머신을 타고 과거로 돌아간 것 같은 느낌을 받았다.

"아, 그래. 너 학동이로구나. 성이 뭐더라."

"박이야."

"그래, 그래. 맞았어. 박학동."

이름을 되뇌자 순간 나는 열 살 난 초등학생이 되어 버렸다. 그와 나는 초등학교 동창이었던 것이다. 녀석의 이름이 독특해서 나는 그 이름을 즐겨 부르면서 놀려대곤 했었다. 뚜렷이 우리가 어떤 우정을 맺었던가 하는 기억은 떠오르지 않았지만, 40여 년의 세월이 흘렀다고는 해도 꼬마 때의 모습이 영사막에 스쳤다 사라지는 영상처럼 선명하게 떠오르는 것이었다. 40여 년의 세월이라면 실로 강산이 네 번이나 바뀌는 긴 세월이다. 그런데 40여 년 만에 그것도 목욕탕에서 벌거벗은 채 만난 동창생 녀석의 얼굴이 그토록 분명하게 기억되는 이유는 무엇일까.

함께 목욕하고 함께 옷을 입고 잘 가라는 인사의 악수를 하고 헤어져 돌아온 이후부터 나는 며칠 동안 수십 년 만에 만난 그 초등학교 동창 녀석의 얼굴을 떠올리면서 생각에 잠기곤 하였다. 어째서일까.

한번 본 사람의 얼굴은 좀체로 잊어버리지 않는 장점을

갖고 있는 나도 요즈음엔 사람을 잘 알아보지 못한다. 어떤 때는 함께 밤새워 술 마시고 함께 여행을 했던 사람도 잘 기억하지 못한다. 나의 이름이 좀 알려져서 잊혀지지 않는지 상대방은 반갑게 다가와 악수를 청하는데, 나는 어리둥절해서 "누구시더라" 하고 솔직히 물으면 상대방은 난감한 표정으로 우리가 만났던 과거를 장황히 설명해 주곤 한다. 그러면 대부분 기억이 떠오르지만 간혹 설명해 주어도 기억이 잘 떠오르지 않을 때도 있어서 나는 정말 미안해지고 겸연쩍어지는 것이다.

가끔 나는 지갑 속에서 그동안 받았던 명함을 꺼내 정리한다. 그 명함을 들여다보면서 느끼는 것이지만 명함 열 장 중 그 명함으로 얼굴이 떠오르는 사람은 겨우 한두 명에 지나지 않을 때가 자주 있다. 그럴 때마다 나는 참 당황하곤 하는 것이다.

어째서일까.

40여 년 만에 처음으로 만난 초등학교 동창 녀석은 생김새도 모습도 다 달라졌음에도 불구하고 세월을 뛰어넘어 선명히 기억되는 데 반해, 바로 몇 달 전에 만나서 밤새워 술을 마시던 사람의 얼굴은 왜 전혀 기억되지 않는 것일까.

그때 내 머릿속에 떠오르는 것은 언젠가 대부代父를 통해 들었던 짧은 이야기였다.

그 집에는 아들이 둘 있는데, 둘째 아들이 고등학교 3학년이라 큰아들이 공부를 가르쳐 주다 말고 이렇게 말했다는 것이다.

"낯익은 것은 아는 것이 아니다. 공부를 할 때 낯이 익는다고 해서 아는 것은 아니므로 실제로 시험을 볼 때는 틀릴 수밖에 없는 것이다. 공부는 눈으로 하는 것이 아니라 마음으로 하는 것이다."

우연히 들었던 그 말 한마디가 요즈음 내 마음속에 하나의 화두話頭로 살아 움직이고 있다.

내가 40여 년 만에 만난 초등학교 동창생을 알아본 것은 그 녀석을 제대로 알고 있었기 때문일 것이다. 왜냐하면 초등학교에 다닐 때는 친구를 사귈 때 어떤 이해타산이나 선입견 없는 천진한 동심으로 친구들을 사귀므로. 그러므로 그때 사귄 동무들이 마음 한복판에 깊게 각인되어 새겨져 있는 것은 당연한 일일 것이다. 그러나 나이가 들어 최근에 만나는 사람들은 그저 낯이 익을 뿐이다. 애초부터 그 만남이 목적을 지닌 어떤 회합이거나 사교적인 모임에서 비롯된 타산적 관계이므로 단지 보는 데에만 머물렀기 때문인 것이다.

일찍이 부처는 그가 가장 사랑하던 제자 아난다에게 이렇게 말하였다. 아난다는 부처의 제자 중 가장 총명하고 잘생기고 똑똑했지만 아직 깨달음에는 이르지 못하였다. 부처는 이 똑똑한 사촌 아난다를 깨우치게 하기 위해서 아난다의 머리를 쓰다듬으면서 다정하게 물어 말하였다.

"네가 이것을 보느냐?"

부처가 팔을 들어 다섯 손가락을 구부리고 아난다에게 말하였다.

아난다가 대답하였다.

"봅니다."

"무엇을 보느냐?"

"부처님께서 팔을 들고 손가락을 구부려 주먹을 쥐고 계신 모습이 보입니다."

"네가 무엇으로 보았느냐?"

이에 아난다가 대답하였다.

"모두 눈으로 보았습니다."

그러자 부처는 아난다에게 보는 것은 눈(眼)이 아니라는 사실을 여러 가지 비유로 애써 설명한 후, 다음과 같이 결

론을 내린다.

"아난다여. 눈은 다만 대상을 비출 뿐 보는 것은 마음이
니라."

부처의 말은 진실이다. 초등학교 동창생을 본 것은 마음
으로 본[見] 것이다.

내가 그 사람의 영혼까지 꿰뚫어 보았다면 이는 마음으
로 꿰뚫어 본[觀] 것이라고 말할 수 있을 것이다.

서양 속담에 '눈에서 멀어지면 마음까지 멀어진다'는
말이 있다.

이는 틀린 말이다. 서양의 공리주의功利主義가 빚어낸 격
언일 뿐이다. 진심으로 마음이 가까운 사람이라면 이렇게
바뀌어야 할 것이다.

'눈에서 멀어지면 마음은 더 가까워진다.'

눈에서 멀어진다고 해서 마음도 멀어지는 것은 참 사랑
이 아니다. 참사랑이라면 눈에서 멀어질수록 마음은 그만
큼 더 가까워져야 할 것이다. 눈에서 멀어졌다고 마음까
지 멀어지는 것은 참우정이 아니다. 참우정이라면 눈에서
멀어지면 마음은 그만큼 더 가까워져야 할 것이다.

사람들은 끊임없이 남의 눈에 띄어야만 유명해지고 시

대에 뒤떨어지지 않고 뒤처지지 않는다고 생각한다. 그러나 끊임없이 나타나 보이는 것은 결국 쇼윈도에 내걸린 마네킹이나 마찬가지이다. 이는 꼭두각시놀이에 지나지 않는다. 낯익은 사람이기보다는 차라리 잊혀지는 사람이 훨씬 행복하다. 내가 내 이웃을 눈으로만 보면 내 이웃도 나를 눈으로만 볼 것이다. 그렇다.

"낯이 익은 것은 아는 것이 아니다."

이 말 한마디가 이 무더운 여름에 내 가슴속에서 활활 타오르고 있는 촌철寸鐵의 경고이다.

부끄러움의 옷

요즈음에 들어 자주 나를 괴롭히는 생각은 '솔직함'에 관한 명상이다. 한 해가 바뀌는 이 순간에도 내 마음을 괴롭히는 생각은 '솔직함'에 대한 반성이다.

나는 지금까지 많은 사람들로부터 비교적 솔직한 사람이라고 일컬어져 왔다. 솔직한 사람이라는 평가는 정직한 사람이라는 평가와 유사한 것 같지만 실은 많은 차이가 있다.

나는 솔직한 사람이라는 평은 제법 많이 들어왔지만 남으로부터 정직한 사람이라는 평가는 별로 들어 본 적이 없다.

'정직한 사람'이라는 말은 거짓말을 하지 않는 사람이라는 뜻일 것이다. 거짓말을 모르는 사람, 거짓말을 하지 않는 사람을 우리는 흔히 정직한 사람이라고 부른다.

소설가란 생리적으로 거짓말을 능히 하는 사람이고, 거짓말을 사실처럼 미화시키고 합리화시키는 사람이라면 나는 아마도 죽을 때까지 정직한 사람이라는 평은 받을 수 없을 것이다.

그에 비하면 '솔직한 사람'이라는 말은 '숨김이 없는 사람'이란 뜻일 것이다.

1970년대, 많은 소설들이 독자들에게 사랑을 받기도 했지만 또 한편으론 많은 지식인들에게 비난을 받은 적이 있었다. 그때 어떤 평론가가 나서서 나를 이렇게 옹호해 준 적이 있다.

"그를 비난해서는 안 된다. 그는 얼마나 솔직한 작가인가. 그의 글엔 지금까지 우리가 터부시해 온 권위라든가 지식인의 오만이 없다."

많은 사람들이 나를 비교적 솔직한 사람이라고 평가를 내려 주었고 나도 내 자신을 비교적 솔직한 사람으로 스스로 생각하여 왔었다.

그러나 요즘 같은 가파른 세월의 고갯마루 위에서 잠시 머물러 생각하노니 이 무슨 큰 착각이었던가.

사람들은 흔히, 평범한 사람들이면 감히 입을 열어 고백 告白하기 어려운 얘기를 서슴없이 낯 하나 붉히지 않고 태연스럽게 발설할 수 있을 때 우리는 그 사람을 솔직한 사람이라고 평가를 내린다. 현대에 있어서 누구나 감히 꺼내 얘기하기 힘든 화제는 주로 남녀 간의 성性적인 문제거나 섹스에 관계된 은밀한 얘기거나 자신의 실수담이거나 자신의 치부를 드러내는 부끄러운 비밀과 같은 범주일 것이다.

우리가 흔히 어떤 사람에게 '솔직한 사람'이라는 평가를 내릴 때 자세히 살펴보면 남들이 잘 입을 열어 화제를 삼으려 하지 않는 성적인 문제를 노골적으로 털어놓거나 성의 해방을 빙자로 비도덕과 비윤리를 미화시키거나 숨겨야 할 자신의 치부를 대담하게 드러내는 반反행위에 대해서 그러한 찬탄을 내리고 있는 것이다.

내가 지금까지 들어왔던 평가, 즉 '솔직한 사람'이라는 말 역시 예외가 아니어서 주로 성적인 화제를 낯 하나 붉히지 않고 표현해 낼 수 있는 태연함, 자신의 약점이나 숨겨야 할 치부를 대담하게 노출시키는 내 행위에 대해서 칭찬을 해주고 있었던 것에 지나지 않았던 것이다.

이제 와서 부끄러워하노니, 성적인 화제에 대해서 낯 하나 붉히지 않고 말해 낼 수 있는 태연함은 솔직함 때문이 아니라 천박함 때문이고, 자신의 약점이나 숨겨야 할 치부를 대담하게 노출시키는 행위는 솔직함 때문이 아니라 뻔뻔함 때문일 것이다.

자신의 부끄러운 기억을 낯 하나 붉히지 않고 털어놓을 수 있는 것은 용기가 아니라 경박함이다. 우리는 흔히 그 무엇이든 남에게 쉽게 고백하는 행위 자체를 솔직함으로 착각할 때가 많은데 이는 솔직함이 아니라 오히려 참을성이 없는 성급함에서 비롯되는 것이다.

이러한 그릇된 사회의 통념은 옷을 단정히 입은 여자보다 노출이 심한 옷을 입은 행위를 솔직함이라고 찬탄케 하고 단순하고 검소한 옷차림보다는 손톱에 매니큐어를 칠하고 치렁치렁 귀걸이를, 팔찌를 한 야한 차림을 솔직함이라고 착각케 한다. 정숙하고 정결한 행동을 위선이라고 비웃고 교양 없고 예의 없는 제멋대로의 행동을 솔직한 행동이라고 그릇된 정의를 내리게 한다.

'솔직하다는 것'은 '숨김이 없다'는 뜻이 아니다.

'솔직하다는 것'은 '꾸밈이 없다'는 뜻일 것이다.

우리는 마땅히 숨겨야 할 부끄러운 기억은 숨겨야 한다. 숨기지 말아야 할 우리들의 악덕, 죄의식 등은 교묘히 숨기면서 막상 숨겨야 할 부끄러운 치부는 '솔직'이라는 미명하에 마구 드러낸다. 숨겨야 할 부끄러운 화제들을 서슴없이 내뱉는 것은 함부로 씹던 껌을 거리에 버리거나 가래침을 뱉음으로써 거리를 더럽히는 것과 같다. 씹던 껌은 거리를 더럽히지만 은밀히 감추어야 할 화제를 함부로 토해 놓는 것은 사람의 영혼을 병들게 하고 사회를 혼탁하게 하는 일이다.

'솔직한 사람'은 꾸밈이 없다.

솔직한 사람은 기뻐할 때 기뻐하고 슬퍼할 때 슬퍼하며 분노할 때 분노하고 배고플 때 밥을 먹고 졸릴 때 잠을 잔다. 솔직한 사람은 슬프면 눈물을 흘리고 기쁘면 웃는다. 솔직한 사람은 부끄러운 기억은 부끄러워 부끄러움 속에 감추어 버리고 남에게 칭찬을 들으면 낯을 붉힌다.

이에 비하면 솔직하지 않은 사람은 기뻐할 때 슬퍼하고 슬퍼할 때 기뻐하며 분노할 때 웃고 배고플 때 잠을 자고 졸릴 때 밥을 먹으며 슬플 때 웃고 기쁠 때 눈물 흘린다. 솔직하지 않은 사람은 기뻐하지 못하고 기쁨을 꾸밀 뿐이며, 슬퍼할 줄 모르고 슬픔을 꾸밀 뿐이다. 솔직하지 못한 사람은 화낼 때 화난 체할 뿐이며, 울 때 눈물을 흘리는 체할 뿐이다.

'솔직한 사람'의 큰 특징은 부끄러움이다. 남의 칭찬에 낯을 붉히고, 사랑하는 사람을 보았을 때 차마 입을 열어 말을 하지 못하고 행주치마를 입에 물고 입만 벙긋하며 부끄러워한다. 부끄러움은 인간만이 가진 최고의 덕목德目이다.

집의 딸아이가 부끄러워할 때 간혹 낯을 붉히는 모습을 볼 때가 있는데 그러한 것을 볼 때마다 나는 낯을 붉히지 못하는 내 자신의 쇠가죽만큼 두터워진 낯가죽이 부끄럽다.

부처님은 《유교경遺敎經》에서 다음과 같이 말하고 있다.

부끄러워할 줄 알아라. 부끄러움의 옷은 모든 장식 가운데 가장 으뜸가는 것이다. 부끄러움은 쇠갈퀴와 같아 사람의 법法답지 못함을 다스린다. 그러므로 항상 부끄러워할 줄 알고 잠시도 그 생각을 버리지 말아야 한다. 만일 부끄러워하는 생각을 버린다면 모든 공덕을 잃게 될 것이다. 부끄러워할 줄 아는 사람들은 곧 착한 법을 가질 수 있게 되지만 그렇지 못한 사람들은 짐승과 다를 바 없다.

이제 나는 그 무엇보다 부끄러워할 줄 아는 사람이 되고 싶다. 더 소망한다면 부끄러울 때면 얼굴까지 붉어지는 그런 어린아이가 되고 싶다.

그리하여 사람들이 내게 잘못 말하였던 '비교적 솔직한 사람'이라는 평가가 진실로 변하여져 숨김이 없는 뻔뻔하고 천박한 솔직함이 아니라, 부끄러움을 아는 솔직한 사람이라는 정당한 평가를 받고 싶다.

바라건대 더는 재물도 명성도 권세도 인기도 건강도 다 바라지 않으니, 남의 말 한마디에 낯을 붉히는 한 줌의 부끄러움이 내게 되돌아와 주기만을 소망한다.

바위의 조용한 침묵

어디서 누구로부터 들었는지 정확히 기억이 나지 않지만, 자기의 나이를 짐작할 수 있는 재미있는 척도가 있다고 한다. 그것은 아주 간단하다. 즉, 길거리에서 교통정리를 하는 교통경찰이 어리게 보이고 동생처럼 느껴지면 40대, 귀엽게 보이고 아들처럼 느껴지면 50대가 되었다는 증거라는 것이다.

요즈음 나는 그 말을 실감한다. 예전에는 길거리에서 교통경찰 아저씨들과 말다툼도 무척 많이 했었다. 그 당시에는 만만한 사람이 교통경찰들이어서 웬만한 위반을 하고서는 쉽게 이를 인정치 않으려고 했으며, 그들이 위반 딱지라도 떼려고 하면 낯을 붉히며 말싸움도 곧잘 했었다.

그런데 언제부터인가 교통경찰들이 동생처럼 느껴지더니 요즈음에는 그냥 귀엽게만 느껴진다. 더욱이 요즈음에는 나이 든 교통경찰들보다는 어린 의경이 교통정리를 하고 있는 것이 보통이니, 어쩌다 그들과 대화를 나눌 때가 있으면 영락없이 아들녀석처럼 느껴진다.

나는 될 수 있는 한 위반을 하지 않으려고 노력하는 편이지만, 서울에서 운전을 하다 보면 교통 체계가 워낙 불합리하여 귀에 걸면 귀걸이요, 코에 걸면 코걸이 식의 위반을 어쩔 수 없이 저지르게 된다. 그럴 때면 이를 단속하는 경찰들과 법규에 대해서 조목조목 따질 때도 간혹 있게 마련이다.

한참 말다툼을 하다 보면, 나는 갑자기 그들에게서 친아들과 같은 느낌을 받게 된다. 그러면 '아이구 관둬라, 저 아들 같은 녀석이 매연이 가득한 거리에서 호루라기를 불면서 하루 종일 서 있는 것도 참으로 고통스러운 일일 텐데 나까지 뭐라고 그들과 다투어 고통을 더해 주고 있는 것일까' 하는 노파심이 들어서 그만 벌금 딱지를 받고 물러서고 마는 것이다.

그런데 요즈음 내게 한 가지 절실하게 느껴지는 것이 있다. 그것은 내가 주로 나보다 나이 어린 사람들을 만나게 된다는 사실이다. 나는 비교적 일찍 작가로서의 사회 활동을 시작했으므로 젊었을 때부터 주로 만나는 사람들 대부분은 나보다 나이 많은 사람들이었다. 뻔뻔하리만치 비위가 좋은 편이어서 간혹 만나는 사람들은 금방 내게 형님이 되었고, 금방 선생님이 되었다. 열 살 넘게 차이가 나는 사람들도 나는 곧장 '아무개 형님, 아무개 형님' 하고 부르고 다녔는데, 선생님이라고 부르기보다 형님이라고 부르면 훨씬 친근감이 빨리 들고 친해지기가 그만큼 더 쉬웠기 때문이다. 30대에 접어들고 나서는 내게도 형님이라고 부르는 후배들이 많아지기 시작하더니, 언제부터인지 서서히 나를 선생님이라고 부르는 사람들의 숫자도 점점 늘어나서 이제는 내가 형님이라고 부르는 사람보다 나를 형님, 선생님이라고 부르는 사람의 숫자가 훨씬 더 많아져 어느덧 상대방이 존댓말을 하고 내가 반말을 하는 만남의 기회가 일상화 되어가고 있다. 솔직히 말해서 내가 동생이었을 때는 처신하기도 좋고 웬만큼 버롯없고 무례하여도 동생이기 때문에 다 용서받았었는데, 내가 형님으로 선생님으로 불리고 공대말을 듣게 되는 경우가 많게 되고부터는 몸가짐이 훨씬 더 조심스러워졌다. 더구나 나를 형님으로 부르는 후배들에게 '나는 정말 그렇게 불릴 만큼 자격이 있는가, 형님으로서의 책임까지 느끼고 있는가' 스스로 자문하며 부담감마저 느끼고 있다.

그러다 보니 자연 내가 남의 말을 듣기보다는 내가 말을 하는 경우가 많아지고 있다. 젊었을 때부터 잘난 체하며 말이 많았던 나는 평소에도 그 말에 대해서 혐오감을 느끼고 있었는데, 그래도 그때는 나이가 어려 형님들과 선생님과 자리를 마주하면 설혹 그들의 말이 시대에 뒤떨어지는 것처럼 느껴지고 재미가 없어도 어쩔 수 없이 그 말을 들을 수밖에 없는 편이었다. 그런데 이제는 나보다 어리고 젊은 사람들과 자주 만나다 보니 주로 그들은 내 말을 듣는 편이고 나는 주로 말을 하는 쪽이 되어 버린 것이다. 내 말이 권위가 있고 내 말이 보다 지혜로워서라기보다는 나이가 더 많이 들었으므로 예의상으로라도 그들은 내 말을 열심히 들어 주는 것이다.

그런데 그런 것도 모르고 나는 그들이 내 말이 재미있고 유익하고 더 많이 지혜로워 내 말에 귀를 기울이고 있다는 착각에 가끔 빠져 버리곤 한다. 이것이 요즈음 내가 갖고 있는 심각한 딜레마 중의 하나이다. 그래서 나는 주의 깊게 '말'에 대해서 생각해 보곤 했는데, 결국 나는 대부분의 말들이 나 자신의 이야기로만 국한되고 있음을 깨닫게 되었다.

나이가 들어갈수록 사람들은 자기 자신의 이야기를 토해 내게 된다. 그만큼 추억이 많아져서 그런지는 몰라도 나이가 들어갈수록 그 사람의 입에서 나오는 이야기의 주제는 자기 얘기, 자기만의 추억, 자기 의견, 자기 편견, 자기주장이 많아지는 것이다. 문제는 그런 얘기에 쉽사리 이의異議를 제기하는 사람이 없다는 점이다. 왜냐하면 그런 말을 하는 사람이 자기보다 나이가 많은 선배이자 선생님이기 때문에 다만 나이 든 사람에 대한 예우로써 말을 듣고 있을 뿐인데도, 나이 든 사람들은 자신의 말을 여러 사람들이 경청하고 있기 때문에 자기 말이 재미있고 유익하며 지혜롭고 올바르다는 무서운 착각에 점점 빠져들게 되는 것이다. 또한 나이가 들다 보면 그 나름대로 웬만한 인생철학쯤은 터득하게 되어서 남에게 듣기 좋은 교훈 거리쯤은 한두 가지 갖고 있기 마련인데, 이런 교훈

거리도 자주 얘기하다 보면 히트곡 하나 가진 흘러간 가수가 기회 있을 때마다 무대에 나와서 흘러간 노래를 계속 부르는 것과 같은 꼴불견이 되고 마는 것이다.

아이들이 이따금 내게 항의한다.

"아빠는 기회가 있을 때마다 무언가 꼭 메시지를 남기려 한다는 게 문제야."

무슨 얘기인가 하면 아버지인 나는 그들과 그냥 평범한 일상 얘기를 나누다가도 그 말 중에 느닷없이 교훈적인 메시지를 섞어서 꼭 훈계조의 말을 덧붙인다는 것이다. 가령 밥을 먹는 얘기를 하는 것뿐인데도 그 말 중에 교훈적인 훈화쯤을 꼭꼭 한마디 섞어야만 직성이 풀리고, 가을철이 되어서 추동복으로 갈아입을 뿐인데도 갑자기 얘기 중에 교장 선생님 훈화 같은 메시지를 섞으려 한다는 것이다.

그래서 아이들은 이렇게 내게 충고를 한다.

"아빠, 제발 메시지는 이제 그만 남깁시다."

중국이 낳은 선禪의 천재, 그래서 고불古佛이라 불리던 조주趙州는 예순이 넘은 나이에도 주장자拄杖子를 하나 들고 산문을 나서면서 다음과 같은 말을 하였다.

"나는 세 살 먹은 어린아이에게도 배울 점이 있으면 그에게서 배울 것이며, 일흔 된 노인이라도 가르쳐 줄 것이 있으면 가르쳐 줄 것이다."

조주의 말처럼 아이들의 충고에 내가 배울 점이 있으니, 그것은 쓸데없이 일상 대화 중에 그럴듯한 교훈적인 말을 섞으려는 그 잘난 체하는 교만을 버릴 것, 또한 남들이 얘기를 잘 들어 준다고 해서 잘난 체하고 수다를 떠는 그 어리석음을 깨우칠 것, 또한 말속에 주책없이 자기의 얘기를 섞어 넣는 만성적 치매 현상에서 벗어날 것.

아니다.

나이가 들수록 입의 문을 닫고 말의 빗장을 잠가야 할 것이다. 그 대신 외부를 향해 열려 있는 귀의 대문을 활짝 활짝 열어 둘 것. 조용한 노인. 내가 꿈꾸는 미래의 모습은 바로 그것이다. 나는 침묵하는 노인이 아니라 조용한 노인이 되고 싶다. 바위는 침묵하고 있는 것이 아니라 조용함을 간직하고 있는 것이다. 나는 바로 그러한 조용한 바위가 되고 싶다.

무진등을 찾아서
無盡燈

어느 해 이른 봄.

나는 고등학교 동창생 녀석과 그의 친구와 함께 여주에서 서울로 가기 위해 영동고속도로를 달리고 있었다. 운전은 동창생의 친구가 하였고, 우리 두 사람은 뒷좌석에 앉아 이런저런 이야기를 나누고 있었다. 때마침 따뜻한 봄날이라 차창 밖으로 보이는 고속도로변의 풍경은 봄기운이 충만해 있었다.

이천 인터체인지를 지날 무렵, 나는 트럭 한 대가 중앙선을 넘어서 우리 차를 향해 질주해 오는 것을 보았다. 개구리 모양의 얼룩무늬가 새겨진 군용 트럭이었는데, 차체의 모양을 보아 스리쿼터라고 불리는 미 군용 트럭 같았다. 트럭은 우리 앞차의 꽁무니를 들이받고 이어서 우리를 향해 계속 질주해 오고 있었다.

"어 – 어." 이야기를 나누고 있던 우리는, 우리를 향해 달려오는 트럭의 정면을 보면서 어쩔 수 없는 비명을 지를 수밖에 없었다. 달리 피할 수도 없었으며 도망칠 길도 없었다. 그대로 트럭과 정면으로 부딪힐 수밖에 없는 순간이었다. 0.01초의 짧은 순간이었다. 그 찰나의 순간에 내가 생각했던 것은 이런 것이었다.

2주 동안 병원 침대에 누워 있으면서도 나는 하루에도 몇 번씩 그 짧은 찰나의 순간을 되새겨보곤 하였다. 어떻게 그 0.01초의 짧은 순간에 그렇게 많은 생각을 할 수 있었을까. 나는 그 불가사의한 현상이 일어난 찰나의 순간을 마치 결정적인 골 장면을 몇 번이고 느린 동작으로 보여주는 텔레비전의 축구 중계방송처럼 자꾸 되풀이하고 있었던 것이다.

이 사고로 인해 나는 누워만 있으니 언제 봄이 지나갔는지 여름이 무르익었는지 세월 가는 줄도 몰랐다. 사고가 난 뒤 한 달쯤 지날 무렵, 아내와 둘이 처음으로 나들이를 나갔다가 헌인릉 근처에서 활짝 핀 벚꽃을 보았었다. 집 마당에도 꽃이 만발해서 꽃구경을 못하는 것은 아니지만 '봄꽃이야 벚꽃이 제격인데 벚꽃 구경을 못하고 봄을 지내는구나'하고 야속하게 생각하고 있던 차에 그나마 눈요기는 한 셈이었다.

연초에 수도원에서 한 달을 지내고 교통사고로 두 달 가까이 누워 지냈더니 벌써 반년이 나 시간이 흘러가 버린 것이다.

머리맡에 많은 책을 두고 지내나 책은 별로 읽게 되지 않았다. 왠지 활자로 된 책들이 입맛 떨어진 것처럼 식욕이 당기지 않았기 때문이다. 많은 사람들이 위로의 말로 "누워 있으니 명상이나 묵상의 깊이가 깊어지겠다"고 인사치레 하지만 이상하게도 뭘 생각하기도 싫고 생각의 깊이도 얕아만 지고 있었다. 묵상의 세계는 깊은 우물과도 같아서 의식의 두레박을 타고 사고의 우물 속으로 깊이깊이 들어가야만 하는데 두레박을 던지고 싶어지지도 않았다.

하는 일이라고는 아침부터 밤까지 텔레비전을 보는 것뿐이었다. 텔레비전도 켜두었을 뿐 프로그램에 열심히 빠져 들어가는 것이 아니라 마치 어린아이들이 만화경萬華鏡을 들여다보듯 그저 눈으로만 쫓고 있을 뿐이었다.

이러다 바보가 되는 게 아닐까 싶게도 머리는 텅 비어 있었고, 느는 건 잠뿐이어서 아침에도 아홉 시가 되어서야 눈이 떠졌다. 그러고도 잠이 모자라서 낮잠도 기를 쓰고 잤다. 신문도 5분 이상 보지 않고 집으로 찾아오겠다는 위문객들도 사양하고 지냈다.

한 가지하는 일이라면 멍하니 내가 지낸 50년의 과거 세월을 돌이켜보는 일 뿐이었다. 그것도 무슨 추억에 젖어 보고 싶다거나 일부러 과거를 떠올려 반성해 보겠다는 생각도 아니었다. 누워 지내다 보니 그저 지난 세월이 떠올랐던 것이다. 어릴 때의 기억, 중·고등학교 시절의 기억, 아내와 연애 걸던 시절의 기억…. 마치 이런저런 잡동사니의 물건들로 정돈되지 않고 어질러 놓은 서랍 속처럼, 머릿속은 온통 헝클어진 기억의 파편들뿐이었다. 멍청하니 그 헝클어진 기억의 파편들을 하나씩 꺼내어 아무런 생각 없이 물끄러미 들여다보곤 했다. 아이들을 키우던 지난날의 기억들도 떠올랐다. 참으로 겁 없이 아이들을 키웠으며, 아이들에게 참으로 많은 상처를 주었던 아픈 기억들이 무슨 그리운 추억으로 떠오르거나 가

슴 아픈 추억으로 떠오르는 것이 아니라, 무성영화 때의 낡은 필름처럼 아무런 빛깔도 없이 아무런 소리도 없이 그냥 의식의 스크린에 투영되고 있을 뿐이었다.

그런 것들을 떠올릴 때마다 한 가지 느껴지는 감상이 있었다. 그것은 통속적인 표현이지만 세월이 참 빠르다는 절실한 느낌 한 가지뿐이었다. 50년의 세월이 정말 눈 깜짝하는 한순간이다. 어떻게 그렇게 세월이 빠를 수 있을까 하는 새삼스런 자각自覺이 가슴을 쳤다.

내가 늙는 것이야 당연하지만 동갑내기의 아내가 늙어 가는 것은 참으로 가슴 아픈 일이다. 아름다웠던 아내의 모습도 벌써 황혼 녘에 접어들고, 이제는 어버이날에 두 아이들이 고맙다고 선물을 내밀면 너무나 좋아서 틀니가 빠질 정도로 웃어대는 늙은이가 되어 가고 있다.

지난 세월에 만났던 모든 사람들에게 나는 고마움을 느낀다. '인생이란 고통의 실로 짜는 피륙과 같은 것'이라는 블레이크Blake의 시구처럼, 살아가는 인생이 수많은 사람들과의 만남과 인연이 어우러져 가로 세로로 직조되는 편물기 속에서 만들어지는 옷감처럼 느껴진다.

생각해 보면 내게 모두 고마운 사람들뿐이다. 당시에는 나를 괴롭히고 나를 못살게 하고 내게 해를 입힌 것처럼 느껴지는 사람들도 따지고 보면 내겐 생명의 은인들이다. 나는 지금껏 중앙선을 침범해 와서 내게 상처를 입힌 흑인 병사의 얼굴을 본 적이 없다. 그의 이름이 무엇인지 그가 어떤 사람인지 모르지만 나는 그를 원망하지 않는다. 그는 내가 탄 차를 들이받고 나를 쓰러지게 하였고 그 사고 때문에 나는 그렇게 누워 있지 않았던가. 우리의 몸이 과로에 의해서 고장 날 만큼 피로해지면 독감이 찾아와서 우리를 강제적으로라도 눕혀 휴식을 취하게 한다. 공연히 공자와 같은 말을 하는 게 아니라 그때의 교통사고도 내겐 독감처럼 찾아와서 강제적으로 눕혀 휴식을 취하게 한 조물주의 선물이라고 나는 생각한다.

격렬한 축구 경기에서도 상대방의 태클에 의해서 부상을 입으면 잠시 벤치에 앉아서 휴식을 취하게 된다. 마찬가지로 나는 먼 항해에 지친 배가 항구에 정박하면서 휴식을 취하듯, 신神이 내게 내린 강제적인 '옐로카드'를 받고 휴식을 취했던 것이라 생각한다.

누워 지내면서 가장 많이 생각했던 것은 '죽음'이었다. 그것은 내가 죽을 뻔했던 아슬아슬한 위기를 넘긴 후에 느끼는 그런 심각한 고민도 아니고 무슨 거창한 종교적인 명상 때문도 아니다. 그저 죽음이라는 문제가 화두처럼 다가오고 있을 뿐이었다.

인간은 누구나 죽는다. 키르케고르^{Kierkegaard}가 〈죽음에 이르는 병〉이라는 제목의 철학 책을 썼듯 인간은 누구나 태어난 순간부터 죽음에 이르는 병을 앓기 시작한다. 인간은 누구나 감기나 암이나 치질과 같이 뚜렷한 증세가 있고 고통이 있는 질병들은 병이라고 받아들이면서도 죽음이라는 만성병은 병이라고 받아들이지 않는다.

인간은 감기나 암이나 우울증 같은 병들이 사실 죽음이라는 불치의 병을 앓는 동안에 일어나는 합병증에 불과하다는 것을 깨닫지 못한다. 인간은 암으로 죽지 않는다. 인간은 죽음이라는 병에 의해서만 죽을 뿐이다. 인간이 암이나 뇌졸중을 피할 수 있을지는 모르지만 죽음의 병을 피하지는 못한다. 그러므로 인간은 너무나 당연한 이 죽음의 병에 대해서는 별로 인식하지 못하고 있다. 인간이 지닌 생명은 그 자체가 죽음이라는 병균을 벗어나지 못한다. 그러므로 인간은 죽음을 재수 없는 것, 불길한 것, 생각할 필요조차도 없는 것으로 치부하고 될 수 있는 한 이를 잊어버리려 한다. 즐겁고 명랑하고 행복하게 살 인생에서 굳이 비극적인 죽음의 그림자를 새삼스럽게 생각해야 할 이유가 어디 있느냐고 애써 부정한다. 인간의 가장 큰 비극은 두려움과 공포다. 인간의 마음속에 깃들여 있는 공포야말로 인간이 지닌 원죄다. 그러나 이 공포와 불안의 심연에는 죽음의 그림자가 늘 자리 잡고 있는 것이다.

우리가 죽음을 자주자주 생각해야 하는 것은 개똥철학자가 되기 위해서가 아니라 죽음이라는 명제를 통해 우리가 공포로부터 벗어나고 인간답게 살 수 있는 자유의 길을 깨닫기 위해서이다. 죽음이란 피한다고, 애써 잊어버린다고, 미룬다고 해서 사라지는 것은 아니다. 그러므로 사람들은 스스로 죽음을 받아들이지 못하고 나중에는 허둥지둥 준비도 없이 죽음에 의해서 피살되어 버린다. 마치 형기가 되어 교수대에 매달려 죽는 사형수처럼. 사랑도 없이 허둥지둥 혼례식을 치르는 신부처럼.

《삼국유사》에 좋은 이야기가 하나 전해지고 있다. 경주의 만선북리萬善北里에 한 과부가 있었다. 그녀는 남자와 관계하지 않고 아들을 낳았는데 그의 이름은 사복蛇福이었다. 어느 날 그 어머니가 죽자 사복은 고선사高仙寺에 머무르고 있던 원효元曉 대사를 찾아가 이렇게 말한다.

"예전에 그대와 내가 경經을 싣고 다니던 암소 한 마리가 오늘 죽었으니 나와 함께 장사를 치르는 게 어떻겠소."

이 말을 들은 원효는 이를 허락하고 사복의 집에 찾아가 주검 앞에서 다음과 같이 말하였다.

"태어나지 말지어다. 죽음이 고통이니라. 죽지 말지어다. 태어나는 것이 고통이니라(莫生兮其死也苦 莫死兮其生也苦)."

이 말을 들은 사복이 빈정거리면서 말하였다.

"그대의 말이 너무 번거롭다."

이에 원효는 다음과 같이 고쳐 노래 불렀다.

"죽는 것도 사는 것도 모두 고통이로다(死生苦兮)."

그제서야 사복은 어머니의 시신을 업고 땅을 갈라 불국토佛國土인 연화장세계蓮華藏世界로 들어갔다고 하는데, 이 이야기를 어찌 한낱 신화의 세계로만 볼 것인가. 보는 것, 듣는 것, 냄새 맡는 것, 만나는 것, 생각하는 것, 내가 만지는 것, 이 모든 사물과 사람 속에 생生과 사死가 함께 깃들여 있지 않겠는가. 이러한 체험을 해보라고 신이 내 허리를 부러뜨리지 않고 살짝 충격만을 베풀어 강제로 눕게 했던 것이 아닌지.

일찍이 부처는《법구경法句經》에서 다음과 같이 노래하였다.

소 치는 목동이 채찍으로 소를 몰아 목장으로 데리고 가듯/ 늙음과 죽음 또한 쉼 없이 우리 목숨 몰고 가네./ 무엇을 웃고 무엇을 기뻐하랴./ 목숨은 끊임없이 타들어 가는데/ 그대는 어둠 속에 둘러싸인 채/ 어찌하여 등불을 찾지 않는 것인가.

그렇다.

부처는 내게 그 등불을 찾게 하기 위해 나를 쓰러뜨려 눕게 하였던 것이다.

바라옵건대 흥미진진한 인생이여, 병석을 통한 등불이 다만 그날의 밝음에 그치지 않고 나를 더욱 채찍으로 몰아가 마침내 이르게 되는 죽음에 대해 부디 죽음이 공포가 아닌, 그리하여 죽음을 만날 때 태연히, 마치 누에가 허물을 벗듯이 육신의 껍질을 벗고 죽을 수 있도록 단 하루만이라도 성성히 깨어 있도록 '꺼지지 않는 등불〔無盡燈〕'이 되어 주기를….

懷讓

회양 화상의 기왓장

나는 일기예보 시간을 좋아한다. 그것은 내일 비가 올 것인가 말 것인가, 추울 것인가, 눈이 올 것인가를 따져서 내일을 대비하려는 사전 준비 때문이 아니다. 내가 하는 일이 날씨와 상관없는 일이고 보면 비가 오건, 눈이 오건, 바람이 불건 글 쓰는 작업에는 전혀 영향을 받지 않는다.

다만 하루하루가 똑같은 하루임에도 불구하고 그날의 천기도가 언제나 그렇게 다르게 나타나는 것을 보면 마치 도레미파솔라시의 7음계에 의해서 지금까지 수억 곡

이상의 노래들이 작곡되어지는 것처럼 신비스럽기 때문이다.

그러나 매일매일 어김없이 일기예보가 방송되지만, 결국 비 오고 바람 불고 눈 오고 안개 끼고 파도가 높고 낮고 쾌청한 날씨의 몇 가지 일기가 되풀이되는 것에 지나지 않는다. 고기압이나 저기압처럼 아무리 기상도를 그려봐야 궂은 날씨와 맑은 날씨의 변화에 그칠 뿐이다.

우리의 인생도 이와 같은 일기예보처럼 느껴진다. 수십억의 인간들이 모여서 제 나름대로의 인생을 살고 있다지만 결국 기쁘고 슬프고, 행복하고 불행한 몇 가지 감성의 교차에 지나지 않는다. 궂은 날이 있으면 맑은 날이 있듯이 그 어떤 불행한 사람에게도 분명 행복한 때가 다가오게 마련이다. 때문에 오늘의 날씨가 바람 불고 비가 온다고 해서 지나치게 근심하거나 슬퍼할 필요도 없으며, 오늘의 날씨가 쾌청하고 구름 한 점 없이 맑다고 해서 우산이나 비옷을 없애서는 안 된다.

우리들의 인생에는 이러한 리듬이 있는 것 같다. 아직 많이 살았다고는 할 수 없지만 공자가 말하였던 하늘의 뜻을 알게 된다는 '지천명知天命'을 넘긴 나이에 가만히 지난 일들을 되돌아 생각하면, 지난 내 인생에도 분명히 밀

물과 썰물이 교차되어 번갈아 나타났음을 알게 된다.

바다가 우리들의 인생이라면 대륙은 목표하는 우리들의 꿈이다. 한창 밀물이 밀려들 때는 바닷물이 곧 대륙을 삼킬 것 같지만 결국 대륙의 기슭을 핥는 것에 지나지 않는다. 또한 한창 썰물이 빠져나갈 때는 바다가 곧 마를 것 같아도 바다의 수위가 조금도 변치 않는 선에서 일단 멈추고 마는 것이다. 우리의 인생도 마찬가지여서 욕망으로 불타오를 때는 태풍까지 불러들여 대륙을 침몰시킬 것 같지만 고작 대륙의 기슭을 강타하는 것에 지나지 않는다.

지난 7~8년간은 가만 생각하면 썰물의 시간이었던 것 같다. 썰물도 매달 두 차례엔 '조금'이라 하여서 조수潮水가 가장 많이 빠져나가는 때가 있는데 지난 수년간은 내 인생에 있어서 물이 가장 많이 빠져나갔던 조금의 시기였던 것 같다. 날마다 물러서고 물러서고 물러갈 수 있는 데까지 물러섰던 간조干潮의 연속들.

될 수 있는 대로 나는 사람을 만나지 않고 글 쓰는 일 이외에는 가급적 다른 일을 하지 않았었다. 신문과 잡지에 이름 나오는 게 싫어서 머리카락이 보일세라 꼭꼭 숨는 술래잡기 놀이를 해왔으며, 말하는 것도 싫어서 화난 사람처럼 입에 자물쇠를 잠그고 살아왔었다. 집에서 늦잠이 나 자고 혼자서 목욕하고 혼자서 산에 가고 혼자서 영화 보고 혼자서 도둑고양이처럼 숨어 지냈었다.

지난해는 그것이 최고조에 이르렀었다. 내 나름대로 안식년이라고 정하고 연초에 수도원으로 들어가 한 달간 피정을 하는 것으로 시작했었는데 그만 덜컥 교통사고가 나서 본의 아니게 석 달 동안 집에서 누워 지내다 보니 이건 완전히 식물인간이었다. 허리가 고장 났으니 걸을 수도 없고, 나다닐 수도 없으니 산송장처럼 누워서 지냈었다. 남들은 오히려 깊은 묵상을 할 수 있는 절호의 기회가 왔다고 위로하였지만 막상 본인에게는 그게 아니었다.

움직이지 않으니 건강도 나빠지고, 생기를 잃어 갔다. 당뇨도 악화되고(원래 심각한 상태는 아니었지만) 책을 읽을 의욕도 사라졌다. 내 딴에는 무위無爲로써 나 자신을 돌이켜볼 수 있는 좋은 기회라고 스스로 마음을 다져 먹곤 했었다. 십자가의 성 요한이 말했던 "우리가 자기와의 처절한 싸움을 통해서 완전한 무(無 : NADA)에 이를 수 있을 때 우리의 영혼은 완전한 전(全 : TODO)을 획득할 수 있습니다"라는 구절이 마음에 들어 오히려 이 기회야말로 나 자신과 싸울 수 있는 좋은 기회라고 애써 위안하곤 했었다.

그런데 그게 아니었다. 몸이 아프니 마음이 생기를 잃어 몸뿐 아니라 마음도 시들어 갔다. 그렇지 않아도 여름이면 우울증이 생겨서 한 2년간 고생을 했었는데, 한여름에 접어들자 아니나 다를까 그 반갑지 않은 손님이 또 찾아온 것이었다.

우울증이란 게 참 묘한 것이다. 이것이 일기예보처럼 한순간의 궂은 날씨에 불과하다는 것을 분명히 알면서도 이 도둑이 나날의 일상에서 생기를 빼앗아 가니 말이다.

의사가 허리에 무리가 가니 운전을 하지 말라고 엄명을 내렸는데도 나는 한밤중에 차를 타고 밤새도록 고속도로를 달려서 전라도로 경상도로 야간 운전을 나가곤 했었다. 나 혼자 차를 몰고 뚜렷한 목적지도 없이 고속도로를 달릴 때는 삭막해서, 운전대를 부여잡고 큰소리로 "하느님, 좀 봐주세요, 봐주세요" 하고 고래고래 소리를 지르기도 했었고, 솔직히 혼자서 목이 터져라고 엉엉 소리 내어 울기도 했었다. 그런 후 돌아올 때는 으레 한밤중이었는데, 시속 150km에 가까우리만치 빠른 속도로 야간 운전을 하고 나면 며칠간은 마음이 좀 가라앉기도 했었다. 그러나 그것도 며칠간의 임시 처방에 불과했다.

지난해 여름, 백두산 탐방을 따라 나선 것은 나로서는 일종의 배수진이었다. 허리의 통증은 가시지 않았지만 더 이상 누워 지낼 수만은 없다고 생각했기 때문이다. 죽기 아니면 까무러치기로 여행이라기보다는 무슨 탐험과 같은 백두산 탐방에 따라나섰던 것은 내게 있어 실로 하나의 모험이었다.

백두산을 오르고 난 후 다시 장백폭포를 구경하러 가는 일행과 떨어져 나는 거품처럼 흰 백하白河의 강물 속에 들어가서 목욕을 했었다. 남들의 눈을 피해서 심장이 얼어붙을 것 같은 강물에 몸을 담그고 험준한 바위산이 병풍처럼 둘러쳐진 민족의 성산 백두산을 바라보면서 나는 어린애처럼 소망했었다.

'백두산이여, 내게 힘을 주시옵소서.'

흰 거품의 강물 속에 몸을 담그면서 나는 순간 번뜩이는 영감 같은 것을 느꼈다. 도대체 넌 지금 무엇을 하고 있는 것인가. 마치 도를 닦으려고 앉아만 있는 마조馬祖 선사처럼.

일찍이 마조가 앉아서 좌선만 하고 있음을 본 스승 회양懷讓 화상은 앉아 있는 제자 곁에서 기왓장을 갈기 시작한다. 화가 난 마조가 스승에게 물었다.

© KIM J.M.

"도대체 기왓장을 갈아서 무엇을 할 것입니까?"

이에 스승이 대답한다.

"기왓장을 갈아서 거울을 만들까 하네."

이에 마조가 빈정거린다.

"그렇다고 기왓장이 거울이 되겠습니까?"

이 말이 떨어지기가 무섭게 스승이 소리쳐 말하였다.

"기왓장이 거울이 될 수 없듯이 좌선으로는 부처가 될 수 없다."

"그러면 어떻게 해야 합니까?"

제자의 질문에 스승은 대답한다.

"소가 수레를 끌고 가는데 만약 수레가 앞으로 나아가지 않는다면 그때는 수레를 다그쳐야 하겠느냐, 아니면 소를 다그쳐야 하겠느냐."

그러고 나서 스승은 다시 말을 덧붙인다.

"그대가 지금 좌선을 익히고 있는 것인지 좌불을 익히고 있는 것인지 도대체 알 수 없군. 혹시 좌선을 익히고 있는 중이라면 선이란 결코 앉아 있는 것이 아니며, 좌불을 익히고 있는 중이라면 부처는 원래 정해진 모양이 없다는 것을 명심하게."

스승 회양의 그 대갈일성大喝一聲 하나가 물속에 들어 있는 내 머리 속에 화살이 되어 내리꽂혔다.

'아, 그렇다. 나야말로 웃기는 녀석이로군. 앉아서 도대체 무엇을 하겠단 말인가. 문을 걸어 잠그고 누워서 도대체 무엇을 하겠단 말인가.'

나는 갑자기 하나의 깨달음을 얻은 느낌이었다.

'그래, 맞았어! 난 이제 어릿광대가 되어야겠다. 엄숙한 수도자보다는 까부는 어릿광대가 되어야지. 출문석비出門錫飛. 내가 좋아하는 경허 스님도 말년에 이르러 '문 밖으로 나와서 주장자를 휘저어 본다'는 시를 썼었다. 그리고는 그대로 절문을 나와 부처고 뭐고, 중이고 뭐고, 이름이고 뭐고 다 버리고 삼수갑산으로 들어가 학동들을 가르치는 훈장 노릇을 하면서 생을 마감했었거니와 자, 이제 나도 나서자. 문 밖으로 나서자. 다시 예전의 활달한 어릿광대가 되어야지.'

그날 이후 난 코미디언이 되었다. 나와 함께 여행을 떠난 삼십여 명의 팀은 나 때문에 참 많이도 웃었을 것이다. 파인巴人 김동환金東煥은 이렇게 노래했다.

지름길 묻길래 대답했지요.
물 한 모금 달라기에 샘물 떠주고

그리고는 인사하기 웃고 받았지요.

평양성에 해 안 뜬대두
난 모르오.

웃은 죄밖에.

김동환의 이 아름다운 시 〈웃은 죄〉처럼 샘물가에서 한 남자가 물 한 잔 떠 달래서 샘물 떠주고 서로 몇 마디 나누고 웃었다고 해서 그것이 처녀에게 무슨 죄일 수가 있을 것인가. 침묵은 어려운 것이 아니다. 침묵보다, 말을 하되 하지 말아야 할 말을 하지 않는 것이 더 어려울 것이 아닌가. 문을 걸어 잠그고 깊은 산속에 숨어 있는 것보다 사람들 속에서 함께 어울리되 물들지 않음이 더 어려운 일이 아닐 것인가. 깊은 산속에 있으면서도 그의 마음이 번잡하다면 그는 비록 산속에 있으나 실은 장터에 앉아 있는 것과 무엇이 다르겠는가.

백두산의 천지에서 흘러내린 물 백하에서 거품으로 침례浸禮의 목욕을 하고 난 이후 나는 수다스럽고 쾌활한 어릿광대가 되었다.

이제 내 인생은 썰물에서 서서히 밀물로 접어들고 있는

것처럼 느껴진다.

어쨌든 이제 밀물이 시작되었으니 만조滿潮가 될 때까지 계속 밀고 들어갈 것이다. 그리하여 이왕이면 이번의 밀물이 밀물 중 가장 높은 한사리 때가 되었으면 좋겠다고 나는 희망하고 또 희망하고 있다.

상처와 같다
육신은

　오랜만에 나를 보는 사람들은 한결같이 같은 물음을 던진다.

　"아니, 왜 이렇게 말랐어요?"

　그런 다음에는 으레 다음과 같은 질문이 뒤따르고 있다.

　"아니, 어디 아프세요?"

　지난봄까지만 해도 나는 60kg의 체중을 유지하고 있었다. 그 정도의 체중은 내 키에 비하면 딱 알맞은 몸무게이다. 그런데 갑자기 7kg이 빠져 버려 지금은 53kg의 체중을 간신히 유지하고 있다. 7kg의 체중이 빠져 버렸으니 간만에 만나는 사람들이 보면 내 모습이 눈에 띄게 확연히 수척해 보이는 것은 당연한 일일 것이다.

3년 전쯤일까. 한때 내 체중은 64kg의 헤비급(?) 몸무게로 치닫고 있었다. 그때 찍은 사진을 보면 키 작은 프로레슬러처럼 근육질의 몸매와 뱀처럼 부풀어 오른 굵은 목을 가지고 있어 내가 봐도 전혀 내 이미지와는 다른 모습을 하고 있었다. 그러다가 잠시 멈칫거리는 사이에 내 정상 체중인 60kg으로 도로 내려와 다행이다 싶었는데 이 체중은 십여 년 이상 내가 불변으로 유지하고 있었던 평상 체중이었던 것이다.

그런데 그 체중이 갑자기 54kg으로 줄어 버린 것이다. 지난봄부터 갑자기 일주일에 1kg씩 줄어들기 시작해서 목욕탕에 가서 저울 위에 올라설 때면 겁부터 나기 시작하였다. 삽시간에 56kg이 되고 55kg이 되더니 54kg으로, 폭락하는 증권 시세처럼 바닥으로 내려앉기 시작하였다. 이러다가는 52kg, 51kg으로 말라빠져 가서 마침내 40kg대로 내려가 살아 있는 미라가 되어 버리는 게 아닐까, 하루하루가 불안하였다. 갑자기 체중이 줄면 암의 초기 증상이라던데 혹 재수 없이 무슨 암에 걸려 버린 것이 아닐까 불안하고 두렵기까지 하였다. 그러면서도 병원에는 절대로 안 가는 평소의 고집대로 죽으면 죽었지 종합검진은 절대로 안 받고 하루하루를 버티고 있었다.

물론 봄부터 견비통을 앓고 있어서 침을 맞는다, 한약을 먹는다, 지압을 받는다, 어깨에서 피를 뽑는다, 갖은 치료를 다 받고 있는 터여서 그 고통으로 살이 빠지는 거라고 마음을 편히 먹으려 하였지만 기분 나쁜 것은 어쩔 수 없는 일이었다. 지압을 한 달 동안 받았는데 지압을 하는 K 원장은 혈액순환이 안되어 몸이 마른다고 나를 위로해 주었지만, 마르기 시작하고부터는 우선 어깨와 팔에 살이 빠져 반소매를 입으면 삐져나오는 팔뚝과 어깨가 내가 봐도 한심하리만치 앙상하게 말라비틀어져 가는 꼬락서니를 보는 것은 참으로 우울한 일이었다.

옷이란 옷은 모두 커져서 바지를 입으면 헐렁이처럼 후줄근하였고 어쩌다가 길거리의 유리창에 비친 내 모습은 초췌하고 초라하게 보일 정도였다.

식욕이야 좀 떨어지긴 해도 여전히 하루 세 끼 꼬박꼬박 먹고 잠도 불면증과는 거리가 먼데도 체중은 하루하루 빠져 가서 53kg까지 내려가 버리고 말았다. 미국에서 30년을 살다가 회사를 따라 한국으로 돌아와 몇 년간 함

께 살게 된 둘째 누이는 내 앙상해진 어깨가 안쓰러워 집
에 가서 눈물까지 흘렸다고 고백하는 것을 보면 아무리
생각해도 보통 일은 아닌 셈이었다.

　불안하긴 내가 제일 불안하였다. 체중계 위에서 하루에
도 수십 번씩 몸무게를 재고 또 재노라니 보다 못한 딸아
이가 내게 말하였다.

　"그러지 말고 병원에 가보라니까. 가서 종합검진을 받
아 보라니까, 아빠."

　한 달 전에 절에서 만난 어떤 스님이 내게 이렇게 말하
였다. 스님이라 거짓말을 할 줄 몰라서였는지 모르지만 그
는 달 밝은 절의 뜨락에 앉아서 내게 어렵게 말을 꺼냈다.

　"무슨 무슨 책에 나오는 사진과 선생님의 실제 모습이
전혀 다르네요. 책에 나온 선생님의 사진은 젊고 근사한
데 실제로 보니 늙고 쪼그라 붙었네요. 조금은 실망입니
다."

　늙고 쪼그라 붙었다는 스님의 솔직한 표현대로 요즈음
의 내 모습은 내가 봐도 늙고 쪼그라 붙은 초라한 행색이
다. 다행히도 체중이 53kg에서 더 이상 내려가지 않는 작
금에 들어서야 나는 줄어드는 몸무게에 대해서 마음이
편해졌다.

늙고 쪼그라 붙었다는 스님의 솔직한 표현을 듣고서도 나는 조금도 섭섭하거나 화가 나지 않았다. 스님의 말처럼 지금의 나의 모습은 책이나 잡지에 지금까지 나오던 모습과는 전혀 달라 보이니 말이다. 전성기 때 몸무게에 비하면 10kg 이상이나 살이 빠졌으니 쪼그라 붙었다는 느낌의 표현이 정확한 묘사일 것이다. 볼이 패이고 눈이 쑤욱 들어갔으니 늙어 보이는 것은 당연하다. 아니 수치상으로만 보더라도 솔직히 말해 늙었다면 늙은 나이일 것이다.

그러나 내가 몸에 대해서 마음이 편해진 것은 내 육체에 대한 인식이 달라졌기 때문이다. 지금껏 나는 육체는 곧 나의 전부인 것으로 알고 있었다. 감각적이고 쾌락적인 육체의 찬탄은 내 삶의 모든 것이었다. 나는 살〔肉〕의 예찬주의자였으며 사육제謝肉祭의 광란하는 무희舞姬였다.

그러나 육체는 다만 흙에 불과한 것. 성경에 보면 하느님은 흙으로 사람을 빚어 만드셨다. 그리고 코에 입김을 불어 넣으시니 사람이 되어 숨을 쉬었다. 그리하여 인간은 흙에서 난 몸이니 흙으로 돌아간다.

불교에서는 육신이 지地 · 수水 · 화火 · 풍風의 네 요소가 합쳐져서 만들어진 티끌이라고 말하고 있다. 그러므로 사람이 죽으면 땅에서 난 것은 땅으로 돌아가고 물에서 난 것은 물로 돌아가고 불에서 난 것은 불로 돌아가며 바람에서 난 것은 바람으로 돌아간다고 말하고 있다.

육신은 다만 영혼을 감싸는 의상에 지나지 않는다. 죽으면 우리는 그 옷을 허물로서 벗는다. 탐욕과 욕망은 옷에 매어 달린 주머니를 채우는 일에 지나지 않는다. 명예와 권력은 옷에 계급장과 훈장을 붙이는 일에 지나지 않는다. 쾌락과 애욕은 옷에 물감을 들이고 단추를 꿰어 다는 일에 지나지 않는다.

《미란타왕문경》을 보면 '육신'에 관한 의미심장한 말이 나온다.

미란타 왕이 나가세나에게 물었다.

"스님, 출가한 사람에게도 육신은 소중합니까?"

"아닙니다. 출가한 사람은 육신을 사랑하지 않습니다."

"그렇다면 왜 스님들은 육신을 아끼고 집착합니까?"

"왕께서는 싸움터에 나가 화살을 맞은 적이 있습니까?"

"네, 있습니다."

"그때 상처에 연고를 바르고 기름 약을 칠하고 붕대를 감았습니까?"

"네, 그렇게 했습니다."

"그렇다면 연고를 바르고 기름 약을 칠하고 붕대를 감은 것은 그 상처가 소중해서입니까?"

"아닙니다. 상처가 소중한 것이 아니라 상처가 곪지 않도록 치료를 하였을 뿐입니다."

"왕이시여, 그와 마찬가지입니다. 출가수행자들에게 육신이 소중해서가 아닙니다. 출가자는 육신에 집착하는 것이 아니라 청정한 수행을 더욱 잘하기 위해서 육신을 유지할 뿐입니다. 부처님은 일찍이 '육신은 곧 상처와 같다'고 말씀하셨습니다. 따라서 출가한 수행자들은 육신에 집착하는 것이 아니라 육신을 상처처럼 보호하는 것입니다."

"잘 알겠습니다, 스님."

그렇다.

나가세나 스님의 비유처럼 육신은 상처에 불과하다. 우리가 육신을 보호하는 것은 구멍 뚫린 옷의 상처를 실로 꿰매고 짜깁기하여 고귀하고 존엄한 벌거숭이의 '진짜 나'를 감싸고 보호하기 위함이다.

나는 자주 동네 목욕탕에 간다. 갈 때마다 한 떼의 젊은

이들이 팔뚝에 문신을 새겨 넣은 모습을 보게 된다. 그럴 때면 나는 가슴이 몹시 답답해오고 살을 에는 통증마저 느낀다. 물론 육신이야 상처에 불과하고 한때 입는 의상에 불과하다 하더라도 무슨 충동이, 무슨 마음의 상처가 자신의 육신에 무서운 칼을 들이대게 하는 것일까. 자신의 옷을 저처럼 갈가리 찢는다면 그의 영혼은 무엇으로 추위를 막고 그의 영혼은 무엇으로 수치를 막을 것인가.

나는 요즈음 더 이상 바짝 마른 내 몸에 대해서 신경 쓰지 않는다. 내가 진정으로 두려워하고 무서워할 것은 육체의 마름이 아니라 정신의 메마름이다.

몸이야 늙고 쪼그라 붙어 초라해진다 해도 정신까지 늙고 쪼그라 붙어서야 되겠는가.

세
가
지
깨
달
음

소설 〈길 없는 길〉을 신문에 연재하고 있을 무렵, 나는
취재 차 들른 절들마다 거의 대부분 절의 경내境內에서 먹
고 잠들고 하였었다. 그 덕분에 새벽 4시쯤이면 절 앞마
당에 서서 밤과 낮이 서로 인수인계하는 신비스런 광경
도 지켜볼 수 있었다.

많은 스님들도 사귀었고 삼시 세 때 절 밥이 꼬박꼬박
입맛에 맞아 돌아올 무렵에는 체중도 1kg 가량 불어 있을
정도였다.

새벽 세 시면 어김없이 스님 한 분이 일어나 대웅전을 향하여 염불을 시작하고 탑 주위를 돌면서 잠든 삼라만상의 정적을 깨뜨린 후 대웅전에 들어가 불을 밝히고 예불을 시작하는데 그럴 때면 잠든 눈을 비비고 일어서서 법당 안에 들어가 아침 예불에 참석해 보기도 하였었다.

돌아올 무렵에는 이틀 수덕사에 머물 수 있었다. 주지스님의 배려로 대웅전에서 가장 가까운 승방에 머물 수 있었는데 그곳에서 나는 참으로 재미있는 사실을 세 가지 느낄 수 있었다.

그 첫째는 젊은 스님이건 늙은 노스님이건 승복을 입은 스님들은 모두 앉은 자세나 선 자세나 등이 곧고 자세가 단정하다는 사실이었다.

스님들은 누구건 앉을 때면 마치 신체를 오층 석탑처럼 꼿꼿이 세운다는 사실을 새삼스럽게 발견할 수 있었다. 스님들은 모두 자신의 육신 속에 나름대로의 석탑石塔 하나씩을 쌓아올리고 있는 모양이다. 척추를 곧추세우고 어깨를 펴고 당당히 앉은 자세야말로 참으로 보기 좋았다. 자세가 바르면 정신이 바르다. 이것은 틀림없는 진리다. 자세가 바르면 정서가 불안할 수가 없다. 오늘의 우리 젊

은이들이 모두 저와 같이 단정한 자세로 사물을 정면으로 당당히 바라보는 직시의 혜안을 갖추게 된다면 그 자세 하나만으로도 정신이 바로 서고, 정신이 바로 서면 도덕이 바로 서고, 도덕이 바로 서면 나라가 바로 서게 될 것이다.

그뿐이랴.

나는 거의 모든 스님들의 걷는 모습을 유심히 바라본 적이 있었다. 내가 본 스님들의 걸음걸이는 모두 활달하였다. 그것은 규율에 익숙해진 육사생도의 절도 있는 걸음걸이와는 달리 모두 제멋대로였으면서도 그러나 거침이 없었다는 것이다.

두 팔을 앞뒤로 세차게 흔들면서 거침없이 걸어가는 스님들의 걸음걸이는 충분히 아름다웠다. 걸어가는 한 사람 한 사람들 모두가 자신의 주인공들이었다.

자기가 자신의 인생을 살면서 주인공이 되지 못하고 조연이 되거나 엑스트라로 비참하게 인생을 마치게 되는 일이 얼마나 많은가. 사람들은 누구나 태어난 순간부터 자기만이 겪고 자기만이 경험하는 독특한 무대 위의 배우가 된다. 그럼에도 불구하고, 쾌락의 노예가 되거나 돈과 명예와 권력과 같은 욕망의 지배를 받아 자신이 주인

공이 되어야 할 무대 위에서 술을 주인공으로, 돈을 주인
공으로, 권력을 주인공으로 내세우고 자신은 비참하게도
종노릇의 조연으로, 말단 배우로 전락해 버리고 만다. 참
으로 안타까운 일이다.

우리가 언제나 어디서나 똑바로 몸을 세우고 꼿꼿이 앉
을 수만 있다면, 우리가 언제나 어디서나 활달하고 당당
하게 걸을 수만 있다면, 그 간단한 행동 하나에서 우리의
정신은 균형을 잡고 우리의 영혼은 바로 서게 될 것이다.
자신의 주인공인 내가 앉는데 어떻게 비스듬히 앉을 수
있겠으며, 자신의 주인공인 내가 걸어가는데 무엇이 거침
이 있어 옆으로 걷고, 뒤로 걷고, 비틀거리거나 휘청거리
며 걸어갈 수 있을 것인가.

수덕사에서 깨달은 두 번째 느낌은 독특한 것이었다.
한 달에 두 번씩 절에서 방장 스님의 법회가 열린다. 마
침 수덕사에 찾아간 두 번째 날이 방장 스님의 초하루 법
회 날이었다. 오전 열 시에 법회가 열리는데 아홉 시쯤부
터 선방과 승방, 각 암자와 사찰에서 수도하던 스님들이
전부 대웅전으로 몰려들기 시작하였다.
수덕사는 산 뒤쪽으로 수천 개의 계단을 오르면 산정에

정혜사란 절도 있고, 오솔길을 따라 숲길을 가면 만공滿空 스님이 머물던 전월사轉月舍란 암자도 있고, 절 입구에는 수백의 비구니들이 머무는 승방도 있어서 꽤 큰 도량인데 이 날만은 거의 모든 승려들이 숨어 있는 암자에서 칩거하는 선방에서 나와 큰스님의 법문도 듣고 서로 문안 인사 나누는 일종의 잔칫날이기도 한 모양이었다.

나는 내가 머무는 방 앞 툇마루에 앉아 숨어 있던 안거安居에서 숨바꼭질하다 술래에게 발각된 사람들처럼 하나씩하나씩 대웅전 앞으로 모여드는 스님들의 모습을 숨죽이고 지켜보았다.

젊은 중, 늙은 중, 젊은 비구니, 나이 든 할머니 비구니, 키 작은 스님, 키 큰 스님, 바짝 마른 스님, 뚱뚱한 스님, 수백 명의 스님들이 한결같이 먹물 입힌 가사袈裟를 걸치고 눈처럼 흰 고무신을 신고 새로 깎아 촉이 뾰족한 연필처럼 머리들을 바짝바짝 치켜 깎아 햇볕에 반짝반짝거리면서 만나면 생전 처음 만나는 사람들처럼 두 손 모아 합장하고, 깊숙이 허리가 부러져라 인사들을 나누고 분명히 인사를 나누었는데도 말소리는 들려오지 않고, 얼굴에는 미소들이 가득한데도 웃음소리는 들려오지 않고 모여드는 그 모습들이 내겐 참으로 인상적이었다.

우리가 매일 만나는 아내에게 자식들에게 저런 인사를 나눌 수 있다면. 우리가 매일 만나는 직장 상사에게 동료 직원에게 부하 직원에게 저런 인사들을 나눌 수 있다면. 매일의 만남이 인생의 첫 만남인 것처럼 몸을 낮추어 땅에 닿을 듯이 간곡한 인사를 나눌 수 있다면.

이상한 일이었다. 서울 거리의 우리들은 모두 각자 다른 빛깔의 옷을 입고, 각자 다른 형태의 옷을 입고, 형형색색의 화장을 하고, 머리 스타일을 바꾸고, 새 구두를 신고, 액세서리를 치렁치렁 달아도 그 얼굴이 그 얼굴처럼 보이는데 어떻게 저 방장 스님의 법회에 모인 스님들은 모두 같은 빛깔의 법의를 걸치고 같은 흰 고무신에 똑같이 삭발한 민대머리인데도 자세히 보면 모두 한 사람씩 자기 생각에 족足한 독특한 얼굴들을 하고 있는 것일까. 법회 시간이 되어 법당 안을 가득 메운 남녀노소 스님들의 얼굴들을 조심스럽게 훑어보니 모두 자기들만의 얼굴들 뿐이었다.

그렇다.

개성을 만드는 것은 화장이 아니다. 옷이 아니다. 색色이 아니다. 쌍꺼풀 수술이 아니고 헤어스타일이 아니다. 유행이 아니다. 지워지지 않는, 변하지 않는 개성을 만드는 일은 자신의 마음의 텃밭을 가꾸는 일이다.

마지막으로 세 번째 수덕사에서 느낀 감정은 아주 유니크한 것이었다.

모기가 어찌나 극성스러운지 우리는 모기향을 피우고 자다가도 모기가 '앵~'하고 덤벼들면 잠결에도 이를 타악타악 때려 박살을 시키고 잠을 자야 직성이 풀리는데, 옆방에 함께 있던 젊은 스님은 야밤에 함께 절 밖 상점거리에 나가 음식을 먹는데 알전구 불빛을 보고 모기가 모여들어 팔·다리·얼굴 할 것 없이 닥치는 대로 물어뜯는데도 그냥 손을 흔들어 뿌리치며 이렇게 말하는 것이었다.

"가라. 모기들아, 저리 가."

그로서는 무심코 하는 말이겠지만 나는 그 말이 참 좋았다. 그와 함께 상점거리로 내려올 때 상점거리의 어린아이들이 두 손을 모으고 "스님, 성불하십시오" "스님, 성불하십시오" 하는 것이 너무나 듣기 좋았는데 모기가 귀가 있어 듣든 말든 손을 저어 쫓으면서 "가라. 모기들아, 저리 가" 하고 중얼거리는 그 말소리에서 나는 불가佛家의 넉넉한 여유를 조금쯤 짐작할 수 있을 것 같았다.

새벽 세 시.

아침 예불을 올리는 젊은 스님 하나가 체육복 차림의 젊은이를 데리고 법당 안으로 들어왔다. 한눈에도 체육복 입은 젊은이는 어딘가 정신이 성치 못한 것 같았고 이따금 발광 상태에도 이르는 중증 환자처럼 보였다.

예불이 끝나고 난 뒤 젊은 스님은 목탁을 두드리면서 나무아미타불을 외우기 시작하였다. 스님이 그 젊은이에게 이렇게 말하였다.

"나무아미타불 관세음보살. 나무아미타불. 따라 해."

"싫어요."

"나무아미타불. 나무아미타불. 따라 해."

"싫어요."

"따라 해. 나무아미타불. 나무아미타불. 해봐. 나무아미타불. 나무아미타불."

"……"

"따라 해. 나무아미타불. 관세음보살. 나무아미타불."

참다못해 젊은 스님은 목탁을 두드리는 막대기로 그 청년의 머리통을 세게 내리쳤다.

"말로 해요. 말로 해요. 아파요. 때리지 말고 말로 해요."

"따라 해, 그럼. 나무아미타불. 나무아미타불."

여섯 시, 공양시간이 다 되도록 젊은 스님은 나무아미타불을 하면서 젊은이의 머리통을 목탁처럼 때렸고 젊은이는 죽도록 맞아 머리가 밤송이처럼 우툴두툴 부어올랐으면서도 단 한마디의 나무아미타불도 외우지 않았다.

　피를 빨러 극성스레 몰려드는 모기에게 "저리 가, 저리 가" 하고 말로 쫓으면 언젠가 모기의 귀가 열려 이 말을 알아듣고 물려고 덤벼들지 않듯이, 새벽 예불마다 나무아미타불을 한마디도 안 외워 죽도록 얻어맞고 목탁으로 얻어맞는 그 젊은이도 언젠가는 입과 마음 귀가 열려 이렇게 입을 열어 중얼거릴 것이다.

　"나무아미타불 관세음보살."

동산한서 洞山寒署

몇 해 전, 나는 심각한 우울증에 시달린 적이 있다. 살아오는 동안 우울증 같은 데 그리 깊이 빠져 본 일이 없었는데, 그때의 경험은 유별난 느낌이었다. 날씨에도 맑은 날이 있고 흐린 날이 있듯이 감정에도 기쁜 날이 있고 우울한 날이 있겠지만 지금껏 살아오는 동안 비 오고 흐린 날이라야 기껏 사나흘을 넘지 않았었다. 그런데 그때의 우울증은 마치 비 오는 날만 계속되는 개일 줄을 모르는 무덥고 긴 장마와도 같았다.

그래서 나는 이것이 소위 주위에서 흔히 말하는 우울증인가 보다 하고 생각했다. 기도도 잘 되지 않았고 무기력해졌으며, 사람 만나기도 귀찮은 데다 마음속으로는 알 수 없는 분노마저 용암처럼 끓어오르고 있었다. 때마침 집안에 슬픈 일이 일어나 이 우울증은 강도가 더욱 심해졌고, 나중에는 나 자신도 제어할 수 없는 극한 상황에까지 치닫는 느낌이었다.

살아온 경험으로는 그 무엇으로도 이러한 우울증을 대리만족시킬 수 없었다. 밤늦게까지 술을 마셔 보기도 하였지만 술이 깨고 나면 우울증은 더 걷잡을 수 없이 확산되었으며, 내 자신이 비참한 생각까지 들어 창피한 얘기지만 눈물까지 흘리곤 했었다.

옛날 중국의 선사 동산洞山에게 한 스님이 찾아와 다음과 같이 물었다.

"추위와 더위가 찾아오면 이를 어떻게 피해야 합니까?"

이에 동산은 다음과 같이 대답하였다.

"추위와 더위가 없는 곳으로 가면 되지 않겠느냐."

그러자 그 스님이 다시 물었다.

"그렇다면 도대체 추위와 더위가 없는 곳이 어디입니까?"

169

이에 동산이 대답한다.

"추울 땐 그대를 철저히 춥게 하고, 더울 땐 그대를 철저히 덥게 하는 곳이다."

나는 동산 선사의 이 선문답 동산한서洞山寒署를 좋아한다. 무더운 한여름에는 차라리 서늘한 곳으로 피할 것이 아니라 자기를 더욱 철저히 덥히는 곳으로 가는 것이 바로 '더위를 피하는 것〔避暑〕'이라고 나는 생각한다. 그러므로 우울할 때 이를 잊기 위해서 술을 마시거나 도박을 하거나 약을 먹는 것은 어리석은 짓이다. 우울하면 우울을 피할 것이 아니라 우울 자체에 실컷 빠져 버려야 한다.

견디다 못해 내가 선택한 유일한 방법은 여행이었다. 여행도 그냥 떠나는 여행이 아니라 마음을 달래기 위한 여행이었으므로 떠나기 직전까지도 내키지 않았었다. 그러나 막상 운전대를 잡고 길을 떠나고 보니 어느 정도 생기가 피어올랐다.

처음 선택한 곳은 지리산.

나는 지금까지 지리산을 한 번도 가본 적이 없다. 웬만한 산과 웬만한 강은 다 가보았는데도 지리산만은 초행이었다. 전주를 거쳐 춘향의 고향 남원을 지나 지리산의 뱀사골에 들어가 하루를 머물고, 다음날은 백무동 계곡에 숨어들어가 한낮을 소일하였다.

평일이라 계곡에는 인적도 드물었고 상가를 피해 십여 분만 더 깊이 들어가도 계곡에는 사람 하나 없는 무주공산이었다. 함께 떠난 후배들과 일제히 팬티 하나 걸치지 않은 알몸이 되어 계곡물에 몸을 담그고 추우면 햇볕에 달아오른 바위 위를 뒹굴면서 고추(?)를 널어 말렸다.

등산객이라도 지나가다 보았으면 우리는 퇴폐 사범이 되어 고발되었겠지만 다행히도 본 사람이 없었던 모양인지 우리들의 나체 행위는 끝까지 완전범죄였다.

사흘 만에 돌아왔는데도 마음의 장마는 여전하였다. 일주일 만에 다시 떠나기로 하였다. 함께 떠난 사람은 일전에 광주까지 함께 여행하였던 영화감독 김 군. 아들뻘의 나이 차이가 나는데도 영특한 이 친구는 나이를 초월하여 내 친구처럼 느껴진다.

이번에는 설악산. 설악이야 수없이 가고 오고 하였지만 갈 때마다 내 기대감을 배신하지 않는다. 잼버리 대회 때문에 새로 닦았다는 미시령을 지나서 하루를 머물고, 다음날 소금강 계곡에서 한낮을 보냈다.

젊었을 때는 산보다 바다가 좋아 피서 때면 늘 바닷가만 돌아다녔었다. 그런데 요즈음엔 바다보다 산이 더 좋

고 산중에서도 계곡이 더 편안하다. 소금강 계곡 중에서
도 외진 계곡이 하나 있으니 작은 폭포까지 있는 무릉계
곡이었다.

이번에는 오가는 사람이 있어 팬티까지 벗을 수는 없었
지만 준비해 간 수영복을 입고 폭포에 뛰어들어 물맞이도
하고 한참을 계곡 너럭바위에 누워 흘러내리는 물소리도
들었다.

이렇게 아름답고 이렇게 맑은 계곡이 우리 강산에 있다
는 사실은 축복 중에 축복이다. 콩 심은 데 콩 나고 팥 심
은 데 팥 난다는 속담처럼 이처럼 금수강산의 아름다운
자연을 가진 우리 민족의 심성이야말로 맑고 깨끗하고
아름다운 것은 분명한 사실. 그럼에도 불구하고 오늘을
사는 우리들의 마음은 어째서 각박하고 살벌하며 어째서
성급하고 무자비한 것일까.

길을 떠날 때 〈심청가〉 테이프를 하나 들고 갔었다. 이
테이프는 〈길 없는 길〉을 연재할 때 대부代父가 내게 준
테이프인데 소설의 마지막 부분에 심봉사가 심청이를 만
나 눈 뜨는 장면을 묘사하기 위해서 서너 번 들었던 테이
프였다. 그 유명했던 〈서편제〉라는 영화에도 이 판소리가
나온다는데 나는 〈길 없는 길〉의 마지막 부분에 이 판소

리의 사설을 인용하는 것으로써 소설의 끝을 맺었었다.

… 감은 눈을 번쩍 뜨고 심 황후를 살펴보니 얼씨구나 좋을
씨구 지화자 좋을 씨구. 어두운 눈을 내가 다시 뜨고 보니 천
지 일월이 장관이요, 갑자 사월 초파일 날 몽중으로만 보았
더니 눈을 뜨고 다시 보니 그때 보던 얼굴이라. 얼씨구나 좋
을 씨구. 얼씨구나 좋고 좋네….

여행 동안 내 머릿속에는 〈심청가〉의 이 노래 부분이
줄곧 떠오르고 있었다. 우리가 무심코 읽고 듣는 〈심청
전〉의 이야기가 어찌나 가슴 깊게 파고드는지 연애 이야
기의 백미인 〈춘향전〉과 더불어 불교적 설화소설의 백미
인 〈심청전〉을 가진 우리 민족이야말로 대단한 문화민족
이라는 자각이 들었다.

〈심청전〉의 이야기를 모르는 한국인이 있을 것인가. 앞
못 보는 심봉사가 어린 딸 심청이를 데리고 살다가 화주
승으로부터 공양미 삼백 석을 공양하면 눈을 뜰 수 있다
는 말에 덜컥 이를 약조하지만, 공양미를 구할 수 없어 심
청이는 중국 상인에게 팔려가 바닷물에 스스로 목숨을
던진다.

우여곡절 끝에 심청이는 황후가 되었으며 아버지를 찾

고 싶은 심정으로 맹인 잔치를 벌여 기어이 아버지를 만나게 된다. 판소리에 의하면 아버지를 보자 심청이는 아버지의 목을 얼싸안고 이렇게 통곡한다.

아이고 아버지, 여태 눈을 못 뜨셨소. 봉은사 화주승이 공들인다 하더니만 영험이 덜혀선가. 아이고 아버지, 인당수 풍랑 중에 빠져 죽은 심청이 살아서 여기 왔소.

이 말을 들은 심봉사, 심청이의 얼굴을 붙잡고 이렇게 통곡한다.

아니 누가 날더러 아버지라고 혀. 나는 자식도 없고 아무것도 없는 사람이오. 내 딸 심청이는 인당수에 빠져 죽었는데 어디라고 살아오다니 이게 웬 말이냐. 이것이 꿈이냐 생시냐. 꿈이거든 깨지 말고 생시거든 다시 보자.

이 순간 심봉사는 감은 눈을 휘번쩍 뜸으로써 맹인에서 벗어나게 되고 꿈에도 그리던 딸 심청이의 얼굴을 보게 되는 것이다.

여행 동안 내내 내 머리 속을 떠돌던 심청전의 의문은 바로 이것이었다.

심청이는 봉사인 아버지 곁에서 열다섯 살 때까지 줄곧

살고 있었다. 만약 심봉사가 딸을 보고 싶은 그리움이 가득하였더라면 그때 이미 눈을 뜰 수 있었을 것이다.

그런데 심봉사는 공양미 삼백 석 이란 하나의 방편을 선택하였다. 바로 눈앞에 있는 심청이를 절실히 사랑하느니 보다는 공양미 삼백 석을 선택한 것이다. 과연 심봉사의 눈을 뜨게 한 것이 공양미 삼백 석이었을까.

아니다.

그 딸마저 잃어버리고 거지가 되었을 때야 비로소 심청이를 보고 싶은 사랑이 죽음보다 더 강하게 느껴졌을 것이다. 그 간절한 소망이 비로소 심봉사의 눈을 뜨게 하는 데 평생이 걸렸지만 심청이를 본 것은 한순간의 찰나가 아니었던가.

나야말로 심봉사다. 나야말로 눈 뜬 장님이다. 내 앞에 심청이가 아침저녁 수발을 들고 오고 가고 있는데도 나는 공양미 삼백 석을 따로 구하고 있구나.

그 심청이가 누구라도 좋다. 그 심청이가 하느님이라도 좋고, 그 심청이가 부처라도 좋고, 그 심청이가 진리이어도 좋다. 나는 너무나 가까이에 있는 심청이를 놔두고 공양미 삼백 석에만 눈이 어두워 그 하느님을, 그 부처를, 그 진리를 인당수 물속에 풍덩 빠져 죽게 만들고 있구나.

설악산에 다녀온 후 나는 어느 정도 생기를 되찾았다. 심청이를 만난 심봉사처럼 '얼씨구나 좋을 씨구 얼씨구나 좋고 좋네'하고 춤을 출 정도는 못되지만 그래도 그토록 긴 장마의 비는 멎었다.

모처럼 마음의 하늘에 푸른 하늘이 보이고 햇살이 찬란하다. 그러나 그렇다고 즐거워서 천둥벌거숭이가 되어 햇볕 밝은 벌판으로 뛰어 달려갈 수도 없으니 이제는 모든 것이 그저 그런 나이가 되었는가. 참으로 한심하고 어리석은 일이다.

마
지
막

작
별

인
사

　어렸을 때부터 나는 내 얼굴에 대해 심한 열등감을 갖
고 있었다. 우리 집 형제들은 다들 잘생긴 얼굴을 갖고 있
었다. 모두들 눈이 크고, 쌍꺼풀이 나 있었으며, 짙은 눈
썹에 콧날도 오똑한 미남미녀형들이었다.

　아버지의 가계家系가 그런 얼굴을 가지고 있었는지 이
남以南에 살고 있는 몇 되지 않는 아재비(아저씨를 평안도에
서는 그렇게 부르고 있다)들의 얼굴을 보아도 한결같이 짙
은 눈썹에 쌍꺼풀이 진 큰 눈에다 오똑한 콧날을 갖고 있

었다.

그에 비하면 나는 쌍꺼풀이 아닌 홑꺼풀의 작은 눈에다, 어디 그뿐인가, 가장 치명적인 것은 길고 뾰족한 턱을 가지고 있어 얼핏 보면 말상의 얼굴을 가지고 있었다.

콧날은 아버지 쪽을 닮아 오똑하게 크긴 하지만 큰 정도가 지나쳐 마른 얼굴 한 중앙에 집어던져 굳어 버린 진흙 덩어리와 같은 코만 달랑 매어 달려 있을 뿐 이마도 좁고 눈도 작고 입도 작고, 턱만 팽이처럼 뾰족해서 전체적으로 오종종한 얼굴을 가지고 있었던 것이다.

그래서 친척들은 나를 보면 좋게 말해서 이렇게 말하곤 했었다.

"어, 이 아이만 다르게 생겼네. 아마도 외탁을 했나 봐."

엄마를 닮아 외탁을 했다는 것은 그들의 짐작일 뿐 엄마의 가계 쪽도 못생긴 얼굴은 아니었다. 어머니 쪽은 피부가 곱고 예쁘고 갸름한 달걀형의 특징을 가지고 있었으므로 만약 내가 어머니 쪽을 닮았다면 예쁘장한 얼굴을 가지고 있었을 것이 분명했기 때문이다.

어쨌든 나는 이렇듯 돌연변이의 얼굴을 하고 이 세상에 태어난 셈이다. 머리통은 유난히 커서 내 어릴 때 별명은 '남북대가리'였고, 눈은 작아서 별명이 '쨉쨉이'였다. 턱은 뾰족하고 길어서 '말대가리'였으며, 유난히 혈색이 나빠서 초등학교 때 양호실에 가면 선생님들이 자기들끼리 이런 대화를 나눴던 것이 기억난다.

"얘는 왜 이렇게 혈색이 나쁠까요."

용모에 자신이 없던 나는 따라서 닥치는 대로 입고 세수도 제대로 하지 않고, 머리도 감지 않는 지저분한 아이였다. 고등학교 때 K여고 다니던 여학생들과 모임을 갖곤 했었는데 그녀들이 어느 날 내게 이런 편지를 보냈었다.

"제발 얘, 내의 좀 빨아 입고 다녀라."

고등학교 때의 별명이 하나는 '걸레'였고, 또 다른 하나는 '인상파'였던 것은 어쩌면 지극히 당연한 것이었다. 지저분하게 다녔으므로 '걸레'라는 별명은 당연하였고, 늘 인상을 찌푸리고 불만에 가득 차서 다녔으므로 중학교 2학년 때 영어를 가르치던 유일한 여선생님이 수업시간에 관심을 끌기 위해서 제임스 딘처럼 인상을 쓰고 있던 내게 "돈 메이크 유어 페이스(인상 좀 쓰지 마)"라고 말한 후 내 별명은 '인상파'가 되고 말았던 것이다.

키도 작고 체격도 왜소해서 키는 고등학교 1학년 이후로 더 이상 크지 않았다. 겨울이면 거짓말 안 보태고 예닐곱 벌의 옷을 껴입고 다녔었지만 여름이면 어쩔 수 없이 벗고 다닐 수밖에 없었으므로 봄이 오면 미리 아령을 한다, 역기를 든다고 부산을 떨곤 했지만 하복을 입을 무렵이면 바짝 마른 장작개비같이 여윈 팔을 드러내놓고 다닐 수밖에 없었던 초라한 아이였다.

대학에 들어가서 이 열등의식은 최고조에 달해 나는 도저히 연세대학교 본관에 이르는 백양로 길을 제대로 걸어 다닐 수가 없었다. 아마 그때 내가 그 열등의식을 극복해내지 못하였다면 지금쯤 나는 극심한 자폐증에 빠져 있을지도 모른다. 그 넓은 백양로 길을 걸어갈 때면 누가 날 지켜보는 것 같아 걸음걸이도 이상해지고 온몸에 땀이 나고 술 취한 사람처럼 비틀거리며 간신히 걷곤 했었다.

시내를 걸어 다닐 때면 일부러 골목길만 골라서 쓰레기통을 뒤지는 새앙쥐처럼 숨어 다니곤 했었다.

이런 용모에 대한 열등의식이 사라진 것은 지금의 아내를 만나고 난 뒤부터. 아내는 이 못생긴 오리 새끼에게 백조처럼 매력 있다고 말한 최초의 여인이었던 것이다. 물론 나는 그 못생긴 용모를 가지고도 예쁜 여인들만 보면 풍차를 향해 달리는 돈키호테처럼 달려들곤 했었다.

'미인은 용기 있는 자의 것이다'라는 서양 속담을 나는 굳세게 믿고 있었다. 나는 못생겼지만 용기에 있어서는 타의 추종을 불허하고 있었다. 따라서 고등학교 때건 대학교 때건 친구들과 미팅을 주선할 때면 내가 으레 앞장서 나서곤 했었는데, 그것은 내가 못생긴 것에 비해서 뛰어난 말솜씨를 가지고 있었기 때문이다.

그러나 정작 미팅이 성사되면 내가 좋아하던 여인은 내차지가 못되었고 과묵한 남자처럼 침묵을 가장하고 있던 친구의 애인이 되곤 했었다. 여자들은 나를 재미있어 했을 뿐, 좋아하거나 매력 있어 하지 않았기 때문이다. 그러나 아내는 나를 재미있어 했을 뿐 아니라 나를 매력 있어 했던 유일한 여인이었다.

군대에 갔다 온 뒤부터 내 얼굴은 서서히 인상이 바뀌기 시작하였다. 홑꺼풀이어서 잠을 많이 잔 날은 풀어져 한쪽은 쌍꺼풀, 또 한쪽은 홑꺼풀로 나누어지던 눈꺼풀이 신기하게도 제자리가 잡혀 쌍꺼풀의 눈이 되어 버린 것이다. 좁은 이마는 머리칼로 가리기 시작하였고, 얼굴에 살이 붙자 뾰족한 턱이 줄어들기 시작하였다. 긴 말상의 얼굴이 서서히 갸름한 형태로 바뀌기 시작하면서 멋대가리 없이 크던 콧날도 균형이 잡히면서 제자리를 잡아가고 있었던 것이다.

이젠 아무도 나를 '걸레'라든가 '남북대가리'라 부르지 아니하였다. 또한 나를 '말대가리'로 부르는 사람도 없었고, '인상파'라고 부르는 사람도 없었다.

사람의 얼굴은 유전적으로 타고나기도 하지만 살아가는 도중에 자신의 성격대로 자신의 이미지대로 변해 가는 것이라는 사실을 내 얼굴의 변천사를 봐서라도 잘 알 수 있다. 마치 매일 가는 산도 봄, 여름, 가을, 겨울이면 그 풍경이 바뀌듯 얼굴도 나이에 따라서 그 풍경이 바뀌고 있는 것이다. 그런 의미에서 얼굴은 그 사람의 역사이며 살아가는 현장이며 그 사람의 풍경인 것이다.

최근에 나는 윗이빨을 모두 뽑고 완전 틀니를 했다. 그런데 충격적인 일이 일어났다. 얼굴의 형태가 완전히 바뀌고 만 것이다. 틀니의 높이가 낮아졌는지 턱이 합죽해지고 말을 할 때면 이빨이 보이지 않아 완전히 할아버지가 되어 버린 것이다. 만나는 사람마다 얼굴이 달라졌다고 말하니 듣는 나도 기분이 나빠 머리의 뚜껑이 열려 버릴 정도였다. 이빨 하나가 사람의 얼굴 모습을 완전히 바꾸어 버릴 수 있다는 것을 나는 실감할 수 있었던 것이다. 내 자신이 뚫어져라 거울을 들여다봐도 내 얼굴이 내 얼굴이 아니었다. 어떤 동창 녀석은 나를 위로한답시고 이렇게 말을 하곤 했다.

"니 여편네는 좋겠다. 새로 바뀐 얼굴의 새서방과 새로 사는 느낌일 테니."

그 미완성의 틀니를 끼고 다닌 지난 두 달 동안 나는 정말 환장하는 느낌이었다. 이게 도대체 무슨 꼴인가. 내 얼굴은 어디로 사라졌단 말인가. 내가 지금 늦은 나이에 성형수술이라도 했단 말인가. 생각다 못해 나는 동창 녀석인 치과 원장을 찾아가서 이렇게 말하였다.

"내 얼굴 돌려 줘, 이 자식아. 내 얼굴 돌려줘, 이 망할 자식아."

조선조의 명승 서산西山 대사도 입적하기 직전 시자들에게 거울을 가져오게 한 후 자신의 모습을 쳐다보면서 이렇게 노래하였다.

"팔십 년 전에는 그대가 나였더니 팔십 년 후인 오늘에는 내가 그대로구나(八十年前 渠是我 八十年後 我是渠)."

서산 대사가 죽기 직전 거울을 들여다보면서 자신의 얼굴을 향해 마지막 인사를 나눈 것은 자신이 해왔던 배우로서의 분장을 지우고 진면목眞面目의 자신으로 돌아가 버리는 자신에게 작별 인사를 고하는 장면을 떠오르게 하는 것이다.

그렇다.

서산 대사의 최후설처럼 내 얼굴은 이 알 수 없는 미지의 인생극장에 배우로 찾아온 내가 잠시 빌려 쓴 가면에 지나지 않는다. 내 얼굴은 빌려 쓴 이름과 더불어 내가 빌려 입은 껍질에 지나지 않는 것이다. 최근 내 얼굴은 새로 만든 틀니에 의해서 예전의 내 얼굴 모습으로 되돌아왔다. 내 얼굴의 모습이 비록 잠시 빌려 쓴 탈에 지나지 않는다 하더라도 살아가는 동안에는 소중히 보관하고 간수해야 할 가면 무도회의 마스크임을 실감하게 하는 요즈음이다.

산중인 山中人

지난 몇 년 동안 나는 가급적 텔레비전 프로그램에 나가지 않았었다. 그런데 〈길 없는 길〉의 반응이 좋아 그 소설의 주인공이라고 할 수 있는 경허 스님의 발자취를 좇는 문학 기행 프로그램에 나가게 되어, 촬영차 수덕사를 다시 찾게 되었다. 경허 스님이 주석하던 부석사, 개심사, 천장사, 간월암看月庵과 같은 사찰들을 찾아가기 위해서는 그 지방의 총림 사찰인 수덕사를 본거지로 해야 할 필요가 있었기 때문이다.

수덕사를 찾아가는 것은 실로 수년 만이었다.

1989년의 여름 한철과 1990년의 여름 한철을 나는 이 수덕사에서 보낼 수 있었는데, 그 무렵 나는 참 행복했었다. 절의 모든 스님들이 다 내 친구였던 것이다. 한가하면 이 스님들과 어울려 가까운 덕산 온천에 나가 목욕도 하였으며, 어떤 때는 함께 해수욕장까지 가서 철 지난 바닷가에서 벌거벗고 해수욕을 하기도 하였다. 절에서 가까운 곳에는 맛있는 어죽을 하는 음식점이 있었는데, 그곳에 가서 함께 어죽을 먹기도 하고 한 스님이 부르는 피리 소리를 들으며 보름달을 감상하기도 했었다. 어떤 때는 한 스님으로부터 승복 하나를 빌려서 입고 다니기도 하였고, 머리에는 밀짚모자를 쓰고 다니기도 하였다.

수덕사 내 비구니 사찰인 견성암見性庵에 머무르고 있는 풋 여승들에게 주제넘은 강연도 하였는데, 그 인연으로 따님 같은 여승들에게 솔 차를 얻어먹는 행운을 누리기도 했다. 아침이면 수덕사가 있는 덕숭산德崇山의 정상에 있는 정혜사까지 산책을 나섰다가 뒷길을 돌아서 내려오기도 했었다.

내가 머무르고 있는 승방은 공양 때마다 군불을 때어 밥을 짓곤 하였는데, 그 때문에 한여름에도 방바닥이 절

절 끓어오르곤 하였다. 그런데 이상하게도 나는 한여름의 그 뜨거운 방바닥이 좋았다. 그 무렵 나는 견비통으로 고생고생하고 있었는데, 이 뜨거운 방바닥에 허리를 깔고 누워서 한잠을 자고 나면 온몸에서 비 오듯 땀이 흘러내리고 코가 뻥 뚫려서 거짓말처럼 몸이 개운해지곤 하였다. 시간이 있으면 여승들이 살고 있는 보덕사報德寺라는 곳까지 찾아가서 주지 스님이 그려 주는 난초 그림을 얻어 오기도 했고, 그 무렵 그 절에 있던 참으로 아름다운 여승의 모습을 몰래몰래 훔쳐보고 돌아오기도 했었다.

〈길 없는 길〉의 연재가 끝날 때까지 나는 불쑥불쑥 수덕사를 찾아가곤 하였는데, 연재가 끝나자 자연 발길이 뜸해졌다. 집도 절도 없는 것이 팔자라는 말도 있듯이 그곳에 있던 내 친구 스님들이 뿔뿔이 흩어져 말사의 주지로 나가게 되고 그 사이 주지 스님이 바뀌게 된 까닭도 있었지만, 무엇보다도 연재가 끝나 버렸기 때문이었다. 소설이 하나 끝나면 나는 철저히 그 소설을 잊어버리는 습성을 갖고 있는데, 〈길 없는 길〉이 끝나자 나는 〈길 없는 길〉과 완전히 인연을 끊어 버렸던 것이다.

이번에 텔레비전 프로그램을 촬영하기 위해 KBS 제작

진들과 수덕사를 찾아갈 무렵만 해도 솔직히 나는 마음이 내키지 않았었다. 조용한 산사에 머물렀던 인연 하나를 미끼로 해서 무자비하게 텔레비전 카메라를 들이대는 무례를 범하는 것이 그들에게 미안했으며, 무엇보다 요즈음엔 여름 하안거夏安居 결제 기간이어서 공부를 하고 있는 스님들의 안거를 방해할지도 모른다는 두려움이 앞섰기 때문이다. 미리 수덕사의 주지 법장法長 스님과 정혜사의 주지인 법성 스님에게 전화를 걸어 양해를 구한 다음 길을 떠난 그날은 공교롭게도 집중 호우가 쏟아지던 장마철이었다.

2년 만에 내가 머무르던 그 승당 앞 툇마루에 주저앉아서 처마 밑에서 뚝뚝 떨어지고 있는 낙숫물을 바라보노라니 나는 정말 고향에 돌아온 기분이었다. 법장 스님, 낯익고 반가운 지운, 효촌 스님들을 만나자 시집에서 구박받다 친정으로 쫓겨 돌아온 새색시가 된 느낌이었다.

매일같이 만나서 함께 술을 마시고 함께 밥을 먹는 사람이라고 해서 반가운 벗은 아니다. 산속에 묻혀 사는 산중인山中人인 그 스님들과 나는 1년에 한 번도 잘 만나지 못하는 인연이지만 만나면 늘 형제와 같다. 본디 아무것도 가지지 않은 무소유인들이라 무엇이든 내게 주려 한

다. 그래서 만나면 마음이 통하고 연애 감정보다 더 기쁘고 정다운 우정을 느끼게 된다.

나는 지금까지 내가 도회인인 줄만 알았었다.

나는 서울에서 태어났으며 서울에서 성장한 서울깍쟁이다. 나는 도시적인 감수성과 도회적인 감각을 좋아한다. 지금까지 내가 써온 글도 도시인의 소외감과 현대인의 비극을 주제로 한 것이었다. 그래서 많은 사람들이 내 문장을 도시적인 세련미가 돋보인다고 평해 주었다. 몇 년 전까지 산속에 가거나 외딴곳에 가면 심심해서 애국가가 나올 때까지 텔레비전을 보거나 하다못해 고스톱판을 벌이지 않으면 견디지 못했었다. 사람들이 들끓고, 지하철이 달리고 여인들의 화장품 냄새가 풍겨 오고 화류항花柳巷의 도시가 내 체질에 맞는 곳이라고 나는 생각해 왔다.

그런데 어이 된 일인가. 수덕사에 찾아가니 그곳이 이제 내 고향인 것만 같다. 나이가 더 들면 방장 스님에게 작은 암자 하나를 달라고 떼를 쓸 결심까지 했을 정도로. 그 암자에서 자고 먹고 머물면서 글을 쓰고 싶다.

선종에서 내려오는 오래된 노래 중에 다음과 같은 것이 있다.

본디 산에 사는 사람이라

산중 이야기를 즐겨 나눈다.

오월에 부는 솔바람 팔고 싶으나

그대들 값 모를까 그게 두렵다.

나는 내가 도시인이 아니라 산에 사는 사람, 즉 산중인에 더 어울리는 사람이라는 것을 최근에 와서야 알게 되었다.

촬영은 경허의 보임지였던 천장암에서 끝이 났다. 해가 지기 전에 부지런히 산을 내려오려는데 문득 그 절의 주지인 현파 스님이 산자락 끝에 서서 우리 일행을 쳐다보고 있는 것이 느껴졌다. 무심코 내려오다 말고 내가 돌아서서 크게 소리쳐 말하였다.

"스님, 성불하십시오!"

그리고서 한참을 내려오는데 등 뒤에서 나를 부르는 현파 스님의 목소리가 메아리쳐 들려오고 있었다.

"최 선생, 최 선생!"

웬일로 나를 부르는가 싶어 되돌아 산길을 뛰어 올라가니 스님이 합장하고 서서 내게 소리쳐 말하였다.

"최 선생, 지옥 가십시오!"

껄껄 웃으며 말하는 현파 스님과 마주하여 껄껄 웃고 나서 부지런히 언덕길을 내려오는데, 내게 지옥 가라는 그 스님의 깊은 속마음이 깨달아졌다.

'아무렴요 스님. 지옥에 가야지요, 스님. 기왕 지옥에 가려면 생지옥에 가야지요, 스님. 천국과 지옥이 어디에 따로따로 있답디까. 산에 사는 이 무지렁이 스님아, 부처와 지옥이 어디에 따로 있다 합디까.'

촬영을 마치고 사흘 만에 서울로 돌아오면서 나는 줄곧 행복했다. 뜨거운 스님들의 우정과 오랜만에 맡은, 감히 그 값을 헤아릴 수 없는 7월에 부는 솔바람을 공짜로 사 가지고 돌아오는 뒤끝이었으므로. 나는 복 바가지라도 얻은 흥부네 자식처럼 행복했었다.

돌아온 지 한 달이 넘은 요즈음에도 나는 가끔 가슴속에서 불어오는 솔바람 소리를 듣곤 한다.

독일의 시인 괴테Goethe가 "모든 산봉우리마다 깊은 휴식이 있다"고 노래했던가.

그 솔바람 소리를 들을 때마다 난 괴테의 노랫소리처럼 깊은 휴식이 있는 산으로 가고 싶다. 이제야 내가 산에 사는 사람, 즉 산중인임을 비로소 알게 되었으니 더는 어쩔 수 없지 아니한가. 산으로 내가 갈 수 없으면 산이 내게

오게 할 수밖에. 청산靑山이 내게로 느릿느릿 찾아오게 할
수밖에.

유아독존의 존재

唯我獨尊

　어릴 때 읽은 동화 하나가 요즈음 자꾸 머릿속에 떠오르고 있다.

　유난히 친구를 좋아한 한 청년이 있었다. 그는 언제나 친구들과 어울려 술을 마시고, 돈을 쓰고 춤을 추곤 하였다. 이를 보다 못한 그의 아버지가 청년을 나무라며 꾸짖었다. 그러자 청년이 대답했다.

　"아버지, 저는 지금 친구를 사귀고 있습니다. 아버지께서 말씀하시지 않으셨습니까. 평생을 통해 진정한 친구를 사귀는 것보다 더 값진 일은 없다고 하시지 않으셨습니까?"

이에 그의 아버지가 말하였다.

"그렇고말고, 진정한 친구를 사귀는 것보다 더 값진 것은 없고말고. 그렇다면 네가 사귀는 그 친구들이 진정한 벗 들이라고 말할 수 있을까?"

이에 아들이 대답했다.

"그렇습니다."

당황한 아들의 말에 아버지는 아들의 우정을 시험해 보려 하였다. 아버지는 아들에게 돼지를 잡아 지게에 메게 하고 아들의 친구 집을 방문토록 한 것이다.

아들은 그동안 사귀었던 친구들을 방문해 다음과 같이 말을 하였다.

"여보게, 내가 지금 사람을 죽였네. 그래서 그 시체를 지게에 메고 이렇게 찾아왔네. 여보게, 나를 좀 숨겨 주게나."

밤이 샐 때까지 아들은 그동안 사귀었던 수많은 친구들의 집을 방문하였지만, 단 한군데에서도 문을 열어 맞아들였던 사람은 없었다. 그러자 아버지는 그 돼지 지게를 자신이 멘 뒤, 아들에게 말하였다.

"나를 따라오너라. 내가 진정한 친구를 만나게 해 주겠다."

돼지를 멘 아버지는 성큼성큼 앞장서서 한 집을 방문하였다. 문을 두드리자 곧 안에서 한 사람이 나왔다.

"여보게. 새벽에 미안하게 되었네. 다름 아니라 내가 지금 사람을 죽였네. 그래서 지금 그 시체를 지게에 메고 왔네. 나와 함께 이 시체를 묻고 나를 좀 숨겨 줄 수 있겠나?"

이에 그 아버지의 친구는 두말없이 아버지를 맞아들였다. 그제야 아버지는 지게에 맸던 돼지를 잡아 잔치를 벌이면서 아들에게 다음과 같이 말하였다.

"네가 평생을 통해 단 한 사람의 친구를 사귈 수 있다면 네 인생은 성공한 것이다."

좋은 친구를 사귀고 우정을 맺으라는 이 교훈적인 동화가 요즘 내 머릿속에서 떠나지 않고 있다. 과연 어릴 때 읽었던 그 동화대로 내가 죽은 돼지를 메고 그동안 사귀었던 그 수많은 친구들의 집을 방문한다면, 나를 맞아들여 줄 사람이 한 사람이라도 있을 것인가.

아니다.

맞아들여 줄 친구는커녕 죽은 돼지를 지게에 메었을 때 찾아갈 만한 친구의 집을 과연 몇 집이나 떠올릴 수 있을 것인가.

지금까지 나는 수많은 사람들을 사귀어 왔다. 친교를 곧잘 맺는 붙임성 때문인지 사람들과도 금방 사귀고 또 많은 사람들에게서 덕을 입곤 했었다. 무슨 난관이 있어도 어디선가 반드시 도와주는 사람이 나타나곤 해서 인덕人 德이 있는 편이라고 스스로도 장담해 왔었다.

젊었을 때는 수많은 선배들을 만났으며 또 친구들을 사귀고, 나이가 들어서는 나를 형이라고 부르는 고마운 후배들을 사귈 수 있었다. 그러나 내게는 이상한 결벽증이 있다. 사람과 친해져서 하루라도 못 보면 못 살 것 같은 우정의 열정이 연애 감정처럼 솟구쳐 올라도 곧 마음 한 구석에서는 부질없다, 부질없는 일이라고 이를 부정하는 마음이 자리 잡곤 한다.

일찍이 그리스의 철인 아리스토텔레스Aristoteles는 우정에 대해서 다음과 같이 말하였다.

사랑을 받는 곳보다 사랑을 하는 곳에 우정은 존재한다. 또

한 우정은 반드시 선善 속에서만 존재한다. 왜냐하면 악한 사람들 속에서도 우정이 존재하는 것처럼 보이지만, 이는 이익이라도 얻을 수 있을 때에만 그렇게 보이는 것이다. 서로가 기쁨과 즐거움을 함께 느낄 수 있는 우정을 맺기 위해서는 반드시 선한 사람이 되지 않으면 안 된다.

내가 좋은 친구를 얻기 위해서라면 아리스토텔레스의 말처럼 내가 먼저 사랑을 베푸는 좋은 친구가 되어 주어야 할 것이다.

그러나 과연 내가 그러했던가. 나는 자문해 본다.

내가 과연, 내 친구가 돼지를 지게에 메고 찾아와 살인죄를 저질렀으니 함께 시체를 묻고 숨겨 달라고 부탁한다면 이를 성큼 받아들일 수 있는 그런 사랑의 마음을 갖고 있었는가.

결국 내가 좋은 친구를 하나도 갖지 못하였다는 것은, 내가 그 누구에게도 좋은 친구가 되지 못한 외톨이라는 것을 스스로 증명하는 것이다.

그러나 나는 알고 있다. 소위 친구라는 미명하에 저희들끼리 떼 지어서 술을 마시고, 서로의 인연으로 사교를 하여 이익을 추구하는 것이 과연 올바른 우정이라고 말할 수 있을 것인가.

그런 의미에서 나는 부처의 다음과 같은 경구를 좋아한다.

사람들은 자신의 이익을 위해 벗을 사귀고 또한 남에게 봉사한다.

오늘 당장의 이익을 생각하지 않는 그런 벗은 만나기 어렵다.

자신의 이익만을 아는 사람은 추하다.

무소의 뿔처럼 혼자서 가라.

소리에 놀라지 않는 사자와 같이

그물에 걸리지 않는 바람과 같이

흙탕물에 더럽히지 않는 연꽃과 같이

무소의 뿔처럼 혼자서 가라.

혼자서 밥을 먹는 것은 고독한 일이다. 언젠가 이어령 선생님으로부터, 프랑스에 유학 갔을 때 가장 고통스러웠던 것은 혼자서 밥을 먹는 일이었다는 말을 전해 들은 적이 있는데, 이 선생님은 오죽하면 예수도 붙잡혀서 십자가에 못 박히기 전날 밤 제자들과 최후의 만찬을 벌였겠냐고 날카롭게 지적한 일이 있었다.

지난겨울, 두 달 가량 혼자서 산을 오르내리면서 누군

가 함께 밥을 나눠 먹는 친구가 한 사람쯤 있었으면 좋겠다고 생각했던 적이 있었다. 밥 나눠 먹는 친구쯤이야 어디 없을까 마는, 나는 시간에 매달리지 않는 자유인이고 대부분의 친구들은 회사에 매달린 직장인이고 보면 서로 타이밍이 맞지 않아 혼자서 점심을 먹곤 했었다. 아무리 무소의 뿔처럼 홀로 가라는 부처의 말이 옳다고 해도 혼자서 점심을 먹는 일은 참으로 우울한 일이다. 그러다가 막상 산행 중에 우연히 옛 친구를 만나서 가끔 함께 산을 오르내릴 때가 있는데, 그럴 때면 오히려 갑갑하고 왠지 자유를 속박당하는 것 같은 느낌을 받곤 한다. 26세로 요절한 일본의 시인, 이시카와 다쿠보쿠石川啄木의 시 중에 다음과 같은 구절이 있다.

친구들이 모두 나보다 훌륭하게 보이는 날
이날은 꽃을 사 들고 집으로 돌아와 아내와 노닌다.

젊은 나이로 요절한 젊은 시인이 어찌 그런 마음을 눈치 챌 수 있었을까. 요즈음 나는 아내에게서 내가 평생을 통해 사귄 단 하나의 친구와 같은 우정을 느끼고 있다.
부부간의 사랑에 대해 무척이나 공감이 가는 유머가 있다.

부부는 20대에 서로 사랑으로 살고, 30대에는 서로 정신없이 살고, 40대에는 서로 미워하고 살고, 50대에는 서로 불쌍해서 살고, 60대에는 서로 감사하고 살다가, 70대에 이르러서는 서로 등을 긁어 주며 산다.

이 재치 있는 유머대로라면 우리 부부는 서로 불같이 사랑하고, 정신없이 살고, 미워하며 사는 단계를 지나 이제는 서로가 서로를 불쌍해서 측은하게 바라보며 서로를 마주하는 마지막 단계에 이르렀다고 할 수 있다. 그러나 과연 그러할까. 어릴 때 읽은 그 교훈적인 동화의 내용처럼, 내가 평생을 통해 얻은 단 하나의 친구라고 믿고 있는 아내가, 어느 날 죽은 돼지의 시체를 지게에 메고 사람을 죽였다고 고백한 다음 함께 시체를 묻고 나를 숨겨 달라고 하였을 때 과연 나를 남편으로서, 또 친구로서 맞아들여 숨겨 줄 수 있을까. 마찬가지로 나 또한 아내가 똑같이 사람을 죽였다고 고백해 온다면, 선뜻 아내를 받아들이고 아내를 위해 그 시체를 파묻어 주고 생사를 함께 할 수 있을 것인가.

아아, 어쩌면 인간은 자신 말고는 단 하나의 친구조차 존재하지 않는 유아독존唯我獨尊의 괴로운 존재일지도 모른다.

아아, 참으로 알고도 모르겠구나. 참으로 쉽고도 어렵구나. 사람은 어디서부터 인지 모르는 곳으로부터 와서, 어디로인지 알 수 없는 곳으로 홀로 떠나가나니. 도대체 나에게 있어 나는 누구인가.

진리는 하나다

새해가 밝았다. 그러나 이번 새해는 다른 해의 새해와는 다르다. 새로운 세기. 21세기의 첫날이 밝아 온 것이다. 그뿐인가. 새 천년 밀레니엄의 첫해가 밝아온 것이다. 지금까지 우리가 무심코 사용하던 달력의 그 첫머리 숫자가 '1'자에서 '2'자로 바뀌게 되어버린 역사적 순간인 것이다.

그러나 엄밀히 따지고 보면 묵은 해가 흘러가고 새해가 온 것에 지나지 않는 것이다. 12월 31일에 낡은 달력이 끊겨져 나가고, 그 다음날인 1월 1일에 새 달력이 내어걸린 것에 지나지 않는 것이다. 인간이 편리에 의해서 만들어 놓은 시간은 저 혼자 흘러가고 있을 뿐인데, 그것에 큰 의미를 두고 있는 것은 시간을 만든 인간들인 것이다. 각종 매스컴에서 새 천년을 맞는 소감을 물어오곤 했었는데 그럴 때마다 나는 할 말이 없어 이를 거절하였다.

해마다 맞는 새해인데 그것이 뉴밀레니엄의 2000년 첫해라고 해서 뭐가 다른 소감이 있을 것인가.

새로운 천년의 세기가 다가온다고 해서 달라질 것은 아무것도 없다. 오늘은 어제의 내일이며, 오늘은 내일의 어제일 뿐이다. 새로운 세기에 대한 희망을 갖는 것은 물론 좋지만 그 희망의 조건이 무엇인가에 대한 깊은 사고는 보이지 않는다. 다가오는 21세기에는 '정보의 시대' '문화의 시대'라고 매스컴들은 떠들고 있다. 어느 신문사에서도 전화가 걸려왔었다. 21세기는 문화의 세기인데 작가로서 어떻게 변신을 하겠냐는 것을 묻는 앙케트였다. 나는 따로 할 말이 없어서 그냥 전화를 끊었다.

나는 변신이란 말을 싫어한다. 변신이란 말은 문자 그대로 몸의 모습을 바꾸는 일이다. 그 사람 자체는 변화하지 않고 화장이나 의상으로 모습을 바꾸는 일종의 변장이라고 말할 수 있다. 그러므로 변신은 엄격하게 말해서 인간성을 변모시키는 변화가 아닌 것이다. 나는 21세기를 맞이한다고 해서 뚜렷하게 무엇을 바꿀 생각은 없다. 많은 사람들이 아직도 원고지에 만년필로 쓰는 것을 보고 답답해하고 컴맹인 내게 충고를 하곤 한다. 그러나 나는 컴퓨터를 싫어한다. 최근에 나는 몇 차례 문학상 심사에 참가한 적이 있는데 거의 100%의 작품이 이른바 컴퓨터 소설이라는 사실에 큰 충격을 받았다. 컴퓨터가 문학을 하나의 지적 게임으로 전락시키고 있는 것은 사실이다. 만약 컴퓨터가 내 문학을 더욱 심화시키고 근본적으로 내 문학을 변화시킬 수 있다면 서슴없이 컴퓨터를 선택하겠지만 지금 현재로는 나는 죽을 때까지 원고지에 만년필로 육필로 쓰는 작가로 남고 싶다.

옛날 대매법상大梅法常 선사는 스승 마조를 친견하고 이렇게 물었다.

"무엇이 부처입니까"

스승이 대답하였다.

"자네의 마음이 곧 부처다(即心即佛)."

이 말에 대매는 크게 깨달았다. 그리고 그는 대매산大梅山

에 올라 그곳에서 한 번도 내려오지 않았다고 한다. 한 도량에 오래 몸 두고 살면 그 수행자가 곧 그 산이 되지 않던가.

어느 날, 한 젊은 스님이 주장자감을 찾으러 대매산에 올랐다가 길을 잃었다. 그러다 산중 초막에서 한 사람을 만났는데 그는 풀잎을 엮어 몸을 가리고 머리는 뒤로해서 하나로 묶은 남루한 행색을 하고 있었다. 길 잃은 스님이 산사람에게 여러 말을 나누었지만 그 사람의 말을 잘 알아들을 수 없었다.

길 잃은 스님이 그에게 물었다.

"여기서 몇 년을 사셨습니까?"

그러자 산사람이 대답하였다.

"글쎄, 몇 년이나 됐을까. 사방의 산이 푸르렀다가 누래지고 다시 푸르렀다가 누래지는 것을 보았을 뿐이네."

길 잃은 스님이 하산하는 길을 묻자 산사람이 대답하였다.

"물을 따라 흘러가시게(隨流而去)."

산사람이 가르쳐준 대로 흘러가는 물을 따라 무사히 회중으로 돌아온 스님은 법상 스님의 도반인 염관鹽官 화상에게 산중에 있었던 일을 모두 고하였다. 이에 염관이 말하였다.

"강서에 있을 때 어떤 이가 마조 스님에게 불법을 물어본 적이 있었다. 그때 마조 스님은 '자네의 마음이 곧 부처'라는 대답을 해 주셨는데, 그 후 30년 동안 그 사람의 행방에 대해 아무도 아는 사람이 없다. 그러니 네가 산에서 만난 그 산사람이 아마도 그 사람인 것 같다."

그러고 나서 염관은 몇 사람의 제자를 불러놓고 산에 다시 들어가 그 산사람을 만나면 이렇게 이렇게 말하라고 일러주었다. 염관의 명을 받은 제자들이 다시 산속으로 들어가 산사람을 만나 다음과 같이 말하였다.

"요즈음엔 마조 스님께서 좀 달라지셨습니다."

"30여 년 전 나도 한때 마조 스님을 만난 적이 있네. 그런데 어떻게 달라졌는가?"

"예전에는 '마음이 곧 부처'라고 말씀하셨는데 요즘에는 '마음도 아니고 부처도 아니다(非心非佛)'고 말씀하시고 계십니다."

이에 산사람이 단호하게 말하였다.

"그놈의 늙은이가 미쳐도 단단히 미쳤네. 사람들을 홀리고 있군. 그 늙은이가 비심비불이라고 하든 말든 그건 내 알 바가 아니고, 나는 오로지 즉심즉불이야."

염관 화상을 통해 이 말을 전해 들은 마조 선사가 기뻐하며 제자들에게 말하였다.

"매실이 다 익었다(梅子熟也). 자, 이제 따먹고 싶은 사람들은 가서 마음 놓고 따먹어라."

여기서 매실이란 바로 대매산에 살고 있던 대매법상 선사를 두고 한 비유임은 두말할 필요가 없을 것이다. 이때부터 대매산에는 이 삼 년 사이에 육칠백 명의 수행자들이 모여들어 새로 호성사護聖寺라는 절이 생겨날 정도였다고 한다.

세월이 흐르고 역사가 흘러간다고는 하지만 진리는 변치 않는다. 세월에 따라 진리가 변한다면 그것은 이미 진리가 아니다. 인간의 가치관에 따라 진리가 즉심즉불에서 비심비불로 변한다면 그것은 유행이며 하나의 사조思潮에 불과하다. 21세기의 새 천년이 온다고 해서 인간이 인간답게 살아야 한다는 진리가 퇴화되거나 거세되거나 변화된다면 이는 하나의 궤변에 불과한 것이다. 오히려 컴퓨터를 통한 쓸데없는 엄청난 정보의 쓰레기들로 인해서 인간의 가치관은 한층 복잡해지며, 따라서 보다 분명하고 확실한 가치관의 선택이 필요할 것이다.

최근 나는 우연히 기도문 하나를 얻을 수 있었다. 보면 볼수록 그 내용이 좋아서 책상머리맡에 두고 읽고 있는

데 이름이 알려지지 않고 다만 '어느 17세기 수녀의 기도'
라고만 알려져 있는 기도문이다.

주님, 주님께서는 제가 늙어가고 있고
언젠가는 정말 늙어버릴 것을
저보다도 더 잘 알고 계십니다.
저로 하여금 말 많은 늙은이가 되지 않게 하시고
특히 아무 때나 무엇에나 한마디 해야 한다고 나서는
치명적인 버릇에 걸리지 않게 하소서.

모든 사람의 삶을 바로잡고자하는 열망으로부터
벗어나게 하소서.
저를 사려 깊으나 시무룩한 사람이 되지 않게 하시고
남에게 도움을 주되 참견하기를 좋아하는
그런 사람이 되지 않게 하소서.

내 팔다리, 머리, 허리의 고통에 대해서는
아예 입을 막아 주소서.
내 신체의 고통은 해마다 늘어가고
그것들에 대해 위로받고 싶은 마음은 나날이 커지고 있습니다.
다른 사람들의 아픔에 대한 얘기를 기꺼이 들어줄

은혜야 어찌 바라겠습니까마는

적어도 인내심을 갖고 참아줄 수 있도록 도와주십시오.

제 기억력을 좋게 해주십사고 감히 청할 수는 없사오나

제게 겸손한 마음을 주시어

제 기억이 다른 사람의 기억과 부딪칠 때

혹시나 하는 마음이 조금이나마 들게 하소서.

나도 가끔 틀릴 수 있다는 영광된 가르침을 주소서.

적당히 착하게 해 주소서.

성인聖人들의 삶이 너무 힘들어

감히 성인까지는 바라지 않더라도

다만 심술궂은 늙은이는 되지 않게 해주소서.

그저 마귀의 자랑거리가 될 뿐이니까요.

제가 눈이 점점 어두워지는 것은 어쩔 수 없겠지만

저로 하여금 뜻하지 않는 곳에서 선한 것을 보고

뜻밖의 사람에게서 좋은 재능을 발견하는 능력을 주소서.

그리고 그들에게 그것을 선뜻 말해줄 수 있는 아름다운

마음을 주소서.

아멘.

21세기를 맞이하여 내가 바랄 수 있는 희망 하나는 바로 이 '어느 17세기 수녀의 기도문'처럼 곧 닥쳐올 노년기에 내가 심술궂은 늙은이가 되지 않는 것 하나뿐이다. 제발 말 많은 늙은이가 되지 않는 것이 내 소망이다. 또한 무엇에나 올바른 소리 하나쯤 해야 한다고 나서는 그런 주책맞은 늙은이, 위로받기 위해서 끊임없이 신체의 고통을 호소하는 그런 늙은이에서 벗어날 수 있는 지혜, 그리고 하나 더 바란다면 2000년이 지나 새로운 3000년의 뉴 밀레니엄 시대가 온다고 하더라도 전혀 변치 않는 진리에 대한 뜨거운 열정을 죽는 날까지 간직할 수 있는 바램, 오직 그것뿐이다.

은혜를 기억하라 남에게 입은

청계산을 오르는 것이 이제는 배고프면 밥을 먹는 것과 같이 하루의 일과가 되어버렸다.

산을 오르면서 나는 땀이야말로 사람에게 가장 소중한 것이 아닐까 하고 생각하곤 한다. 현대인은 땀의 소중함을 잊어버린 것 같다. 땀은 노동, 노력, 운동 뒤에 얻어지는 소중한 결정체다. 열심히 노력하고 열심히 몰두하여 몸을 격렬히 움직이고 헐떡일 만큼 숨이 가빠 오르고 몸이 불같이 더워진 후에야 땀이 흐르기 시작하는 것이다.

그런데 이 소중한 땀을 사람들은 싫어하여 흘리려 하지 않는다. 여인들은 미용 때문이라도 화장이 지워질까 봐 몸을 움직이지 아니하고 사람은 조금만 더워도 선풍기와 에어컨을 찾는다. 몸을 움직이는 노동을 싫어하며 몸을 움직이지 않는데서 비롯되는 비만은 음식이나 비정상적인 다이어트로 조절하려한다. 운동을 하여 땀을 흘리기보다는 차라리 수용소의 가스실 같은 사우나 실에서 돈을 내고 땀을 흘린다.

땀은 자연스러운 것이다. 그러나 현대인들은 땀을 잃어 버렸다. 한여름 미친 듯이 빠른 걸음으로 산을 오르면 땀 구멍이란 구멍에서는 땀이 배어 나와 목욕이라도 한 듯 흠뻑 젖는데 그러면 온몸이 한바탕 눈물을 흘린 것 같은 카타르시스를 느낀다.

사람이 슬프거나 괴로울 때 한바탕 목을 놓아 울면 마음의 평정을 얻듯이 우리들의 육체도 한바탕 땀을 흘리면 평정을 얻는다.

며칠 전 가파른 산을 계속 올라 땀을 흘리며 약수터에서 물을 한 바가지 받아먹고 그늘에 앉아 쉬고 있을 때였다. 약수터 옆 소나무 등걸에 흰 종이가 붙여져 있는 것을 나는 보았다. 나는 수건으로 땀을 닦으면서 다가가 그 종이를 쳐다보았다. 그 종이에는 다음과 같은 내용의 글씨가 적혀있었다.

감사합니다. 저는 지난 6월 X일 오후 X시경 청계산 산행을 하던 중 갑자기 고통을 받고 쓰러져 여러 등산객들의 고마우신 도움으로 신속하게 병원으로 옮겨져서 치료를 받고 마침내 쾌차하게 되었습니다. 이 모든 것이 여러분의 덕분입니다. 고마우신 여러분의 댁내에 만복이 가득하시길 바랍니다.

깨끗한 흰 한지 위에 일일이 붓으로 쓴 글씨였다. 한마디로 솜씨가 있는 필체였다. 비라도 맞을까 봐 나뭇등걸에 붙인 종이 위에 단정하게 비닐 막이 씌워져 있었고 가장자리를 둘러서 스카치테이프가 빈틈없이 쳐져 있었다. 나는 주위 깊게 그 방문榜文을 쳐다보았다. 그러나 그 방문에는 어디에도 쓴 사람의 이름이 없었다.

내용을 미뤄 보건데 지난 6월 초 산에 왔던 방문을 쓴 사람이 갑자기 고통을 받고 쓰러져 응급상황이 되었던 것으로 보인다. 그때 등산객들이 힘을 합쳐 구조대원을 부르거나 이 쓰러진 사람을 함께 실어 날라 긴급조치를 취한 것처럼 보인다. 이 신속한 조치로 무사하게 건강을 되찾은 환자는 그때의 고마움을 마음에 담아 이처럼 감사의 말을 쓰고 자신의 가족에게 사람들이 많이 모이는 약수터에 붙여놓도록 하였던 모양이다.

나는 그 방문을 바라보면서 가슴 뭉클한 감동을 받았다. 자신이 입은 이웃에 대한 고마움을 저처럼 잊지 않는 그 사람의 아름다운 마음이 느껴졌기 때문이다.

인생을 살다 보면 우리는 언제나 보이지 않는 이웃, 모르는 이웃들로부터 은덕을 입는다. 우리가 이렇게 무사하게 살 수 있는 것도 이와 같은 유형무형의 도움 때문인 것이다. 마찬가지로 우리는 이처럼 이웃으로부터 도움을 받기도 하지만 나 역시 이웃에게 도움을 주고 있다. 이처럼 사람은 남에게 도움을 주고 남으로부터 도움을 받는 사회적 존재이다. 따라서 도움을 주고받는 행위는 우리가 숨을 들이마시고 내뱉는 호흡처럼 자연스러운 행위인 것이다.

남에게 은덕을 베푸는 일은 어려운 일이다. 이를 불교에서는 '보시'라 한다. 그러나 인간은 누구나 자신이 남에게 베푼 선행을 기억하고 항상 이를 자랑한다. 때문에 은덕

220

을 베풀었다고 생각하고 있는 한, 인간은 그 베푼 사람에 대해 무엇인가를 기대하게 되며 또한 섭섭해하는 마음을 갖게 되는 것이다.

자비를 기억하고 있는 한 그것은 자비가 아니다. 우리가 길거리에 앉은 걸인에게 천 원을 자선하였다고 해서 그 자선 행위를 기억하고 자랑한다면 그 자선행위는 생색 生色에 지나지 않는다. 생색은 남에게 베푼 것을 드러내 보이는 체면치레에 지나지 않는 것이다. 자비가 생색으로 전락될 때 은혜를 입은 사람은 고마워하지 않고 굴욕을 느낀다. 무슨 장학 재단에서 돈 없는 학생들에게 장학금을 줄 때는 왼손이 한일을 오른손이 모르게 주어야 한다. 수재의연금을 모금할 때 수억 원을 내었다고 해서 신문에 대문짝만 하게 이름이 나오는 것은 그 사람은 수억 원의 자선을 베푼 것이 아니라 수억 원의 매명賣名을 한 것에 지나지 않는다.

햇빛은 인간에게 베푼다는 생각 없이 내리쬐어 곡식을 익히고 과일을 열매 맺게 한다. 비는 인간에게 베푼다는 생각 없이 마른 대지를 적시어 강을 이루고 바다를 완성한다. 이 세상 만물 중에 오직 인간만이 남을 위해 은혜를 베풀었다는 생색을 낸다. 남에게 은혜를 베풀었다는 생각

조차 없이 하는 베풂, 이를 불교에서는 무주상보시^{無住相布}

施라고 한다. 문자 그대로 머무름이 없는 보시인 것이다.

부처는 이 자비의 공덕에 대해 이렇게 말하였다.

한 횃불에 수 천 사람이 저마다 홰를 가지고 와서 불을 붙여

간다고 할지라도 그 횃불은 조금도 달라지지 않는다.

부처의 말처럼 남에게 무엇을 베푼 자비는 횃불의 불을

나누어주는 일에 불과하다. 횃불에 불을 붙이도록 허락한

다고 해서 그것을 자선이라고 생색을 낼 수 있겠는가.

따라서 부처는 남에게 무엇을 준다는 집착으로 보시를

해서는 안 된다고 말한 다음,《금강경金剛經》에서 제자인

수보리須菩提에게 다음과 같이 말하고 있는 것이다.

"수보리야, 사람이 어디에도 집착함이 없이 보시하면

그 공덕은 생각으로 헤아릴 수 없는 것이다. 너는 동쪽 허

공의 크기를 헤아릴 수 있겠느냐"

"없습니다."

"남쪽과 서쪽, 북쪽의 허공을 헤아릴 수 있겠느냐."

"없습니다."

"수보리야 그와 같다. 사람이 어디에 집착하지 않고 보

시하면 공덕도 그와 같아서 헤아릴 수 없는 것이다."

남에게 자비를 베푼 사람은 받은 사람으로부터 대갚음을 받는 것이 아니라 바로 자기 자신에게 복덕福德을 지은 것이며, 결국 자신에게 자비를 베푼 셈이다. 따라서 남에게 베푼 자비는 베푼 순간 잊어버려야 한다. 심지어 부모들도 자기 아이를 키운 은혜를 잊어야 한다. 내가 너를 어떻게 키웠는데 하는 집착은 가족 모두에게 상처를 준다. 그러나 남에게 베푼 보시에 집착하기보다 더 어려운 것은 남에게 입은 은혜를 기억하는 일이다.

우리의 하루하루는 보이지 않는 이웃으로부터 베풀어지는 은총의 살아있는 현장이라고 할 수 있다. 주위의 보살핌과 이웃의 은덕이 없다면 우리는 단 한 시간도 살아갈 수가 없는 것이다. 그러나 우리는 이 은덕에 대해 고마움을 전혀 모른다. 그러므로 우리는 배은망덕背恩忘德의 패륜아들이다.

우리는 부모의 고마움을 모르고, 선생님의 고마움을 모르며, 교통경찰의, 환경미화원의, 우편집배원의 고마움을 모른다. 태양의 고마움을, 나무의 고마움을, 물의 고마움을, 만년필의 고마움을, 종이의 고마움을, 시계의 고마움을, 밥의 고마움을, 바늘의 고마움을, 실의 고마움을 모르는 눈먼 장님들이다.

남에게 베푸는 자비가 결국 자기에게 베푸는 자비이며 남에게 고마워하는 감사의 마음은 결국 자기 자신에게 고마워하는 애기愛己의 정신을 기르는 것이다.

이 무더운 여름날 땀을 흘리면서 오른 청계산 약수터에서 본 이름 모를 사람이 써 붙인 방문을 보면서 나는 문득 나만의 방문을 아무도 모르는 계곡의 바위틈에 써 붙이고 싶었다.

"나를 이렇게 살아있게 해주셔서 감사합니다. 또한 나를 이렇게 느끼게 해주셔서 감사합니다."

나의
환인향 幻人鄉

내가 봉은사奉恩寺를 처음으로 찾은 것은 1960년대 중반 대학생이던 때였다. 뚝섬에서 나룻배를 타고 한강을 건넌 후 강변을 따라 한참 동안 걸어 울창한 숲속에 자리한 천 년 고찰을 찾아갔다. 한여름 옥양목처럼 눈부신 길을 따라 늘어선 미루나무에서는 귀청이 찢어지도록 매미가 울고 있었다.

그때 내가 봉은사를 찾아갔던 것은 다섯 살이었던 6·25 전쟁 무렵 아버지가 도망쳐 숨어 있던 청계산을 향해 온 가족이 그 길을 따라 수레를 끌고 찾아갔던 기억을 되살리기 위해서였다. 당시 잠실벌에는 이름 그대로 양잠을 하던 집들이 많이 있었는데 대부분 난리 통에 피난을 가 버렸는지 누에를 기르던 헛간도 텅 비어 있었고, 먹이를 먹지 못한 누에들은 새하얗게 죽어 있었다. 그때 헛간에서 우리 가족들은 모기장을 치고 하룻밤을 자기도 하였다.

아버지가 숨어 있던 청계산을 찾아가던 과천 길은 왜 그리도 멀던지. 나는 더위를 먹어 배가 맹꽁이처럼 튀어나와도 '저기 고개만 넘으면 아버지가 있다'는 꼬임에 풍선처럼 점점 더 부풀어 오르는 배를 안고 뒤뚱뒤뚱 걸어가곤 했었다.

그러고 나서 내가 다시 봉은사를 찾은 것은 90년대 초 한 일간지에 〈길 없는 길〉을 연재할 무렵이었다. 조선의 명승 서산 대사와 그의 제자 사명四溟 대사가 승과 제도에 의해서 승려로 발탁되었던 장소가 바로 봉은사에 남아 있다는 자료를 얻은 후 그 장소를 직접 눈으로 확인하기 위해서 30여 년 만에 봉은사를 찾아간 것이다.

지금도 대웅전 앞에 남아 있는 선불당選佛堂. 그 장소야말로 연산군燕山君에 의해서 폐지되었던 승과 제도가 50여 년 만에 부활되어 1552년 4월 이른바 승려 과거시험이 실시되었던 장소이며, 이때 휴정休靜과 유정惟政 같은 출중한 고승들이 태어난 곳이다.

원래 봉은사는 신라 원성왕元聖王 때인 794년에 연회국사緣會國師가 창건한 견성사見性寺에 뿌리를 두고 있기에 이 절은 1200년 이상 된 고찰이라고 할 수 있다.

그러나 봉은사가 역사의 전면에 등장하는 것은 문정왕후文定王后 때. 억불숭유抑佛崇儒를 국기國基로 삼았던 조선 왕조는 승려의 도첩제를 폐지하고 여러 불교 종파를 선교 양종으로 통합하는 등 배불排佛의 풍조가 완연하였는데, 어린 명종明宗이 즉위하자 섭정에 나선 문정왕후는 독실한 불교 신자로 새로이 불교 진흥책을 펼쳤다.

이때 등장한 인물이 허응당虛應堂 보우普雨.

그는 봉은사가 배출한 가장 위대한 승려였다. 그는 문정왕후의 힘을 배경으로 봉은사 주지에 취임한 후 다시 승과 제도를 부활시켜 서산 대사와 같은 걸출한 제자들을 배출하였을 뿐 아니라 '보우 대사가 아니었던들 불교가 없어질 뻔하였다'는 사명 대사의 평처럼 꺼져 가는 조선 불교를 기사회생시킨 조선 불교의 중흥조로 평가된다.

불교가 쇠퇴한들 이보다 더 하겠는가/ 피눈물을 흘리며 수건을 적시네/ 구름 속에 산이 있어도 가는 길이 없으니/ 티끌세상 어느 곳에 이 몸을 맡기리.

불행한 시대의 지성인으로 불교의 법난法難에 맞서 싸우며 이처럼 자신의 심정을 한탄하였던 보우는 마침내 문정왕후가 죽자 유생들의 탄핵으로 제주도 귀양길에 올라 끝내는 제주 목사牧使 변협邊協에 의해 피살된다. 자신의 죽음을 미리 예측이나 했음일까. 보우는 죽기 전 자신의 임종게臨終偈를 미리 써놓는다.

허깨비가 허깨비 고향에 들어/ 오십여 년 미친 짓 하였네./ 세상사 온갖 영욕 한껏 농했으니/ 꼭두각시 중의 탈 벗고 푸른 하늘로 오르리(幻人來入幻人鄕 / 五十餘年作戲狂 / 弄盡人間榮辱事 / 脫僧傀儡上蒼蒼).

내가 봉은사를 세 번째로 다시 찾게 된 것은 소설 〈상도商道〉를 쓰던 무렵이었다.

봉은사는 조선이 낳은 최고의 사상가이자 서화가인 추사秋史 김정희金正喜가 말년에 당대의 선지식 대접을 받으며 머물고 있던 사찰로서도 유명한데, '大雄殿(대웅전)'과

'板殿(판전)'의 편액은 추사가 남긴 유작이다. 특히 지금도 남아 있는 판전의 편액은 기교를 전혀 부리지 않고 마치 어린아이와 같은 무기교의 삽필澁筆인데 이 편액에는 다음과 같은 글씨가 새겨져 있다.

"칠십일과 병중작(七十一果 病中作)."

추사가 숨을 거둔 것은 71세였던 1856년 10월 10일. 이것으로 보아 봉은사에 남아 있는 '판전'이란 글씨야말로 추사의 마지막 절필임이 분명하다.

〈상도〉에 나오는 주인공 임상옥林尙沃과 김정희는 7년 이상 나이차에도 불구하고 서로 각별한 우정을 나누고 있는 붕우朋友였다. 나는 특히 소설 마지막에 이르러 추사 김정희가 봉은사에 머물고 있으면서 "재물은 물과 같이 평등하고, 사람은 바르기가 저울과 같다(財上平如水 人中直似衡)"란 임상옥의 게송偈頌을 갖고 온 심부름꾼에게 소설의 핵심 주제인 '상업지도商業之道'를 그려 주는 장면을 묘사할 때는 거의 매일 봉은사를 찾아 숲길을 걷고 혼자서 번민했다.

그렇게 보면 봉은사는 평생을 두고 나와 각별한 인연을 가진 절이다. 그 첫 번째는 다섯 살의 어린 시절 청계산에 피난 가 숨어 계신 아버지를 찾아가는 그 삶과 죽음 경계에 있던 진여문眞如門이었으며, 두 번째는 〈길 없는 길〉을 쓸 무렵 자꾸만 지쳐 가는 내게 다시 한 번 창작의 열정을 불러일으킨 '선불당選佛堂'이었으며, 세 번째는 〈상도〉를 쓸 무렵 소설의 마무리에 고심하던 내게 '늙은 과일〔老果〕' 인 김정희의 깊은 속마음을 베어 볼 수 있는 칼을 내어 준 '심검당尋劍堂'이었던 셈이다.

그런 의미에서 봉은사는 내게 있어 작품의 자궁이자 탯줄이며 창작의 산실이다. 그러나 나는 봉은사에 갈 때마다 마음이 착잡하다. 1200년 이상 된 고찰의 주위로 무역 센터와 아셈 건물, 특급 호텔의 마천루들이 상전벽해를 이루고 있기 때문이다.

뽕밭이 변하여 바다를 이루듯, 내 어릴 때 수세미 같은 해가 서산을 넘던, 가도 가도 끝이 없는 옥양목 같던 들길 은 마천루의 도심으로 변해 마치 보우의 임종게처럼 봉 은사의 주위는 어느새 허깨비의 고향, '환인향幻人鄕'으로 바뀌어 있었던 것이다.

그렇게 보면 그 마천루의 한가운데 천 년의 고찰로 남겨 진 오늘날 봉은사의 모습은 과연 어떠한가. 괴테는 말하 였다.

"네 발밑을 파라. 그곳에는 맑은 샘물이 흐르고 있다."

우리가 부처를 만나기 위해서 애써 깊은 산중 암자를 찾아갈 필요가 없고, 우리가 부처를 이루기 위해서 일부러 깊은 동굴로 숨어들 필요는 없다. 우리의 발밑, 바로 그곳에 맑은 샘물이 흐르고 있다는 괴테의 말처럼 봉은사야말로 도심 한가운데 숨어 있는 적멸보궁寂滅寶宮인 것이다.

이 천 년의 고찰에 우거져 있던 그 많은 숲들은 다 어디로 갔는가. 이 천 년의 고찰에 도대체 그 넓은 주차장이 무엇 때문에 필요한 것인가.

그 고풍 창연하던 법당들은 다 어디로 사라져 버리고, 연수원 같은 신식 건물에 웅장한 미륵대불만 참다랗게 서 있구나. 천 년의 향기는 어디로 사라져 버렸고, 깊은 추사의 묵향은 보우의 임종게처럼 인간들의 영화와 치욕의 장난 속에 퇴색되어져 버리고 있는 것일까.

봉은사여, 내가 사랑하는 불국정토佛國淨土여. 너야말로 도심 속에 깃들여 있는 금강좌金剛座이니, 너에게서부터 저 마천루의 무간지옥에서 고통받고 있는 중생들을 교화시킬 수 있는 구품왕생九品往生의 법음法音이 퍼져 나가도록 하라. 이제야말로 바로 그러할 때가 되었나니. 할喝!

천진불天眞佛

경허 선사의 제자 중에 혜월慧月이란 스님이 있다. 낫 놓고 기역 자도 모르는 까막눈으로 알려진 이 스님은, 그러나 천진불天眞佛로 불릴 만큼 빼어난 고승이었다. 이 스님의 행장 중에 다음과 같은 이야기가 있다.

혜월 스님은 너덧 살 넘은 동자승 하나를 데리고 주석하고 있었다. 스님은 이 동자승을 큰스님이라고 부르고 섬기며 어디를 갈 때에도 이 동자승에게 인사를 드리며 꾸벅꾸벅 절을 하곤 하였다.

"스님, 다녀오겠습니다."

그러면 동자승은 태연히 인사를 받으며 말을 놓곤 하였다.

"그럼 잘 다녀오게나."

어느 날 객승 하나가 이 절에 들러 잠시 머무르고 있었다. 그 모습을 보니 실로 가관이었다. 당대 최고의 고승인 혜월 스님이 너덧 살도 안 된 동자승에게 정중히 예의를 갖추어 문안인사를 드리다니. 그뿐인가. 그보다 더 놀라운 것은 동자승이 아닌가. 공양을 할 때에도 버릇이 없는 것은 물론 큰스님을 자신의 시자처럼 부리고 있지 않은가. 기가 막힌 객승은 스님이 출타하기를 기다려 동자승을 불러다가 크게 꾸짖고 예의를 가르치기 시작하였다. 엉엉 울던 동자승은 객승이 시키는 대로 예절을 배우고 혜월 스님이 돌아오자 뛰어나가 두 손으로 합장하고 이렇게 큰절을 올리는 것이었다.

"큰스님 잘 다녀오셨습니까."

이 모습을 숨어 지켜보던 객승은 어린 동승에게 예절을 가르쳐주었다고 내심 흐뭇해하고 있었는데, 정작 혜월 스님은 크게 놀라서 연유를 알아본 후 객승을 불러다가 꾸짖어 말하였다.

"네가 그렇게 시켰느냐."

"그렇습니다, 스님."

"어찌하여 그랬느냐."

"너무 버릇이 없어서 예의를 가르쳐주었습니다."

혜월 스님이 크게 한탄을 하며 말하였다.

"네가 마침내 천진天眞을 버렸구나. 어리석은 놈 같으니라고. 내가 큰스님(동자승)으로부터 천진을 배우고 있었거늘."

며칠 뒤 혜월 스님은 그 어린 동자승을 다른 절로 보내면서 손수 산문 밖까지 나아가 배웅하며 다음과 같이 인사하였다고 전해오고 있다.

"큰스님 안녕히 가십시오."

나는 요즘 내 손녀 정원이를 동자승처럼 모시고 있다. 말이 동자승이지 실은 내게 큰스님이나 다름이 없다. 〈길 없는 길〉이라는 소설에서 이런 혜월 스님의 일화를 이미 표현했으면서도 그 뜻은 정확히 헤아리지 못하고 있었는데 정원이를 볼 때마다 어째서 혜월 스님이 동자승을 그토록 섬겼는지 그 까닭을 알 수 있었다.

혜월 스님의 말대로 정원이에게는 천진이 있다. 불교에서는 천진을 '불생불멸의 참된 마음'이라 말하고, 어린아이를 '천진불'이라고 부른다.

일찍이 세조는 왕위에 오른 후부터 병명을 알 수 없는 괴질에 시달렸다. 전신에 종기가 생기고 고름이 나오는 견디기 어려운 창병瘡病이었다. 명의와 각종 의약이 효험이 없자 세조는 오대산으로 발길을 돌린다. 신라시대 이래 문수도량이었던 오대산에서 기도하여 불력으로 병을 고치고자 했기 때문이다. 월정사에서 참배를 올리고 상원사로 가던 중 세조는 계곡으로 흐르는 벽수碧水에 발을 담그고 쉬어 가기로 하였다. 주위 시종들에게 자신의 추한 꼴을 보이기 싫어 평소에도 어의御衣를 벗지 않던 세조였지만, 그날은 하도 경치가 좋아 시종들을 멀리 보내고 혼자서 목욕을 하기로 하였다. 세조가 홀로 목욕을 하던 그때 동자승 하나가 숲속에서 노니는 것이 눈에 띄었다. 세조는 그 동자승을 불러 자신의 등을 밀어달라고 부탁하였다. 목욕을 마친 세조가 동자승에게 말하였다.

"어디 가든지 임금의 옥체를 씻었다고 말하지 마라."

그러자 동자승이 말했다.

"임금도 어디 가든지 문수보살文殊菩薩을 친견했다고 발

237

설하지 말지어다."

말을 마친 동자승이 홀연히 사라지자마자 어느새 자신의 몸에 난 종기가 씻은 듯이 나은 걸 발견한 세조는 그제서야 이 동자가 바로 지혜의 문수보살임을 알아챘다고 한다. 이에 크게 감격한 세조는 자신의 기억을 더듬어 화공에게 명하여 실제와 가장 가까운 동자상을 완성했고, 그 동자상이 오늘날도 오대산의 상원사 본당에 봉안되어 있다고 한다.

불교의 중요한 경전인《화엄경》은 선재동자善財童子가 오십삼 명의 선지식을 두루 찾아 가르침을 청하고, 그 구법행각求法行脚을 통해 깨달음을 얻는 과정을 그린 경전이다. 이처럼 진리는 대부분 어린아이의 모습을 빌려 나타나고 어린아이의 입을 빌려 말을 하고 있는 특징을 갖고 있는 것이다.

기독교에서도 '너희가 진실로 어린아이같이 되지 않으면 하늘나라에 들어갈 수가 없다'고 가르치고 있다. 천진이란 문자 그대로 '하늘의 진리'가 아닐 것인가. 모든 아이에겐 저 하늘에서부터 지니고 내려온 천상의 빛이 머물러 있는 것이다.

얼마 전만 해도 정원이는 말이 느린 편이었다.

그도 그럴 것이 미국과 한국을 오가며 번갈아 지냈으니 어린 나이에도 언어의 혼란이 있었을 것이다. 미국에서는 텔레비전을 켜도 항상 영어가 튀어나오는데, 한국에서는 또 다른 괴상한 말이 나오니 한창 말을 배울 때인 정원이로서는 그야말로 혼돈 그 자체였을 것이다. 그래서 그런지 정원이는 좀처럼 말을 하려 하지 않았다.

내가 하는 말은 다 알아듣고 있으면서도 웬만해서는 입을 열어 말을 하려 하지 않는 것을 보면 자신이 있지 않으면 절대 말하지 않겠다는 느낌마저 받을 정도였다.

정원이는 말을 할 때마다 쭈뼛쭈뼛 자신 없어 했다. 나는 그런 정원이를 보면서 심각하게 생각하였다.

'정원이의 입에서 자신 있게 말이 튀어나오게 할 수 있는 방법이 없을까. 유아원에서도 정원이가 말은 잘 알아들으면서도 좀처럼 말을 하지 않는다고 하지 않았던가.'

나는 정원이가 자존심이 강한 아이라고 생각했다. 아이에게 무슨 자존심인가 하고 생각할 수도 있을 것이다. 그러나 나는 아이를 관찰하면서 모든 아이에게는 어른들이 갖고 있는 심리보다 더 미묘하고 복잡한 감정이 깃들어 있음을 발견할 수 있었다. 그러한 섬세한 감수성과 미묘

한 감정을 갖고 있으면서도 단지 이를 표현하지 못한다는 유아성 때문에 아이들은 어른들로부터 억압적이며, 강압적인 상처를 입고 있는 것이다.

자존심이 강한 내 손녀 정원이에게서 어떻게 말문을 끄집어낼 수 있을 것인가, 고민하던 나는 순간 한 가지 방법을 떠올릴 수 있었다. 그것은 노래였다. 이후부터 나는 정원이 앞에서 노래를 부르기 시작하였다. 노래는 자의식으로부터 사람들을 해방시킨다. 심하게 말을 더듬는 사람들도 노래를 부를 때만큼은 말을 더듬지 않는다고 하지 않던가.

다행히 정원이는 노래를 좋아해서 곧 내 노래를 따라 부르기 시작하였다.

내가 이 세상에 태어나 제일 먼저 배운 노래는 '아가야 나오너라, 달맞이 가자'였다. 나는 정원이에게 이 노래부터 가르쳐주었다. 방법은 정원이가 따라 부르거나 말거나 내가 먼저 신이 나서 노래를 부르는 것이었다. '반짝반짝 작은 별' 할 때는 손바닥으로 반짝반짝 흉내를 내었고, '동쪽 하늘에서도'에서는 손을 들어 동쪽 하늘을 가리켰다. '나비야 나비야, 이리 날아오너라'를 부를 때는 유치원 선생님처럼 팔을 들어 나비의 날갯짓을 흉내 내었다.

어느 틈엔가 정원이는 내 노래를 따라 부르기 시작하였다. 그럴수록 나는 크게 손뼉을 치고 내가 먼저 신이 나서 노래를 더 크게 부르고 춤을 추었다. 처음에는 작게 따라 부르던 정원이가 언제부터인가는 고래고래 목청을 높인다. 그러는 동안 정원이는 어느 순간 말문이 터지기 시작하였다. 자신감을 회복했는지 이제는 못 하는 말이 없고, 표현력도 뛰어나다. 그래서 요즈음에는 정원이와 대화하는 것이 재미있을 정도다.

아이들은 어른들이 자기를 사랑하는지 아닌지 본능적으로 알고 있다.

마지못해 함께 놀아주면 아이들도 마지못해 논다. 아이와 놀 때도 혼신의 힘을 다하지 않으면 안 되는 것을 나는 느낀다. 사랑한다는 것은 혼신의 힘을 다하는 행위임을 나는 정원이에게서 배운다.

며칠 전, 정원이가 느닷없이 내게 기차를 사달라고 말하였다. 그 순간 나는 마음이 움찔하였다. 지난 10월 정원이의 생일날 나는 무심코 기차를 사주겠다고 약속을 했던 것이다. 그런데 약속을 했을 뿐 지키지는 못하고 벌써 두 달 가량 흘러가버린 것이다. 그것을 기억하고 있다가 어느 날 내게 그 약속을 지키라고 기차를 사달라는 것이 아닌가.

우리는 어린아이들이 무슨 약속을 기억할 수 있을까 무시하고 있다. 그러나 정원이는 두 달 동안 그것을 기억하고 있다가 내 자존심이 상하지 않도록 약속을 지킬 것을 요구하고 있는 것이다.

공자의 제자였던 증자曾子의 아내가 시장에 가려는데 아이가 울면서 뒤쫓아 나왔다. 증자의 아내는 "자, 빨리 집에 가 있어라. 시장에 갔다 오면 돼지를 잡아서 맛있는 고기를 줄 테니" 하고 말했다. 그녀가 시장에서 돌아오니 증자가 돼지를 잡으려 하고 있었다. 그녀는 깜짝 놀라 "난 그저 농담으로 한 얘기에요" 하고 말했다. 그러자 증자는 "아이들에게 그런 농을 해서는 안 되오. 부모에게서 여러 가지를 배워가고 있는 애들에게 거짓말을 하면 그 애들이 거짓말하는 법을 배우게 될 거요. 거짓말임을 알면 어미인 당신도 믿지 못하게 될 거요" 하고는 아이와 약속한 대로 돼지를 잡아 먹였다고 한다.

나는 증자의 말대로 정원이에게 거짓말 약속을 했으니 이번 크리스마스 선물로 기차를 사주려고 한다. 무려 두 달을 참았다가 그 약속을 지키라고 당당하게 요구를 한 정원이. 정원이는 두 달이나 할아버지가 약속을 지킬 것을 참으며 기다려왔지 않은가.

　영국의 시인 윌리엄 워즈워스Wordsworth의 수없이 많은
작품들 중에서 가장 아름다운 시는 단연 〈무지개〉일 것
이다.

　하늘에 걸린 무지개를 바라볼 때면
　내 가슴은 설레인다.
　나 어렸을 때도 그러했고
　어른이 된 지금도 그러하며
　늙어서도 그러하리.
　그렇지 않다면 차라리 죽는 게 나으리라.
　어린아이는 어른의 아버지
　바라노니 내 목숨의 하루하루가
　천성의 경건함 속에 머물기를.

　아아, 그렇다. 정원이는 내 딸의 딸이 아니라 내게로 온
예수이며 문수보살이다. 정원이는 선재동자며 바라볼 때
마다 가슴이 설레는 하늘에 뜬 무지개다. 그런 의미에서
워즈워스의 시는 〈성서〉 이상으로 감동적이다. 정원이는
내 아버지다. 하늘에 계신 우리 아버지다. 어린아이는 하

느님의 신성을 갖고 태어난다. 그 신성이 인간이란 욕망, 인간이라는 가면, 유혹에 빠져 따먹어버린 선악과로 인해 에덴의 동산에서 추방되어버린 어쩔 수 없는 인간의 숙명에 의해 어른이라는 이름의 야만으로 탈바꿈한다. 인간의 불행은 완전한 어린아이에서 불완전한 어른으로 뒷걸음질 치는 데 있다.

나는 요즘 지갑 속에 정원이의 사진을 넣고 다닌다. 한 번도 가족의 사진을 넣고 다니지 않았던 내가 정원이 사진을 넣고 다니는 것은 그 아이가 나의 주님이며, 문수보살이기 때문이다.

워즈워스의 시처럼 '모든 아이는 어른의 아버지'. 나는 요즘 큰스님을 모시고 도량에서 도를 닦고 있다.

부
처
님
은

집
안
에

있
다

나는 수십 년째 《샘터》에 〈가족家族〉을 연재하고 있다.

많은 사람들은 내가 그토록 평범한 가족의 일로 어떻게 수십 년 동안 쉬지 않고 연재할 수 있는지 그것을 가장 궁금하게 생각하고 있다. 그래서 나를 만나면 대부분 이렇게 묻곤 한다.

"가족이라면 얘기가 뻔한데 어떻게 한 번도 빼먹지 않고 그토록 오래 쓸 수 있습니까?"

그러나 나는 그렇게 생각하지 않는다. 수십 년간 연재해

오면서 나는 한 번도 소재가 고갈되거나 무엇을 쓸까 고심해 본 적이 거의 없다. 언제나 써야 할 소재들이 두 개 이상 겹쳐서 오히려 쓸 내용을 선택하는 것이 어려운 일이었다.

맨 처음《샘터》에 가족을 연재한 것이 75년 9월이었는데 그때 나는 별들의 고향이 소설로도 영화로도 폭발적인 인기를 얻어 화제의 중심에 서 있던 청년작가였다. 당시 샘터사에 근무하던 몇몇의 벗들, 김형영, 공영명, 박옥걸 등이 어느 날 내게 매달 한편의 콩트 형식으로 끝나는 소설을 연재할 것을 제의해 왔다. 그 당시만 해도 연작소설의 연재는 거의 전무한 형식이었다. 어떤 스토리를 가진 소설을 나누어 분재하는 연재소설은 많아도 하나의 주제를 가지고 매번 다른 이야기, 다른 에피소드로 끌어가는 연작소설의 연재는 아마〈가족〉이 처음이었을 것이다.

그 무렵《샘터》의 발행 부수는 웬만한 일간지를 상회하고 있었고 원고료도 당대 최고였으므로 많은 필자들은 《샘터》에 글을 쓰는 것을 선망하고 있을 때였다. 나도 흔쾌히 연재를 수락하고 무엇을 쓸 것인가 하고 고민하다가 마침내 내린 결론이 '가족'이었다.

당시 나는 29살의 나이로 다혜는 4살이었고, 도단이는

2살이었다. 나는 젊은 나이에 어린 철부지 남편이자 아버지였지만 가족이야말로 신이 내려주신 만발한 꽃밭이라고 굳게 믿고 있었다. 그래서 나는 가족이야말로 소재가 고갈되지 않을 수 있는 최고의 소재라고 느꼈으며 그때 떠올린 제목이 바로 '가족'이었던 것이다.

과연 나와 편집진들의 예상은 적중하였다. 내가 쓴 작품 중 가족만큼 광범위하게 독자들의 사랑을 받았던 작품은 없을 것이다. 그 무렵 아이들을 데리고 유원지에 놀러 가면 많은 사람들이 '얘가 다혜인가요' '얘가 꽃에 향수를 뿌렸던 도단인가요'하고 물어보곤 했었다. 다혜와 도단이의 이름은 내 아이들의 이름이 아니라 그냥 보통 명사가 된 기분이었다. 독자들은 다혜를 자기의 딸로, 도단이를 자신의 아들로 생각하고 함께 웃고 함께 즐거워하였다.

《샘터》가 100회 연재되었을 무렵 처음으로 〈가족〉이 단행본으로 출판되어 10만 부 가까이 팔려나갔다. 그 당시 10만 부는 슈퍼 베스트셀러였다. 이때 나온 책을 선전하는 광고에 다음과 같은 문구가 있었던 것으로 기억된다.

아빠, 아내, 다혜, 도단이. 이들 네 식구가 어우러져 가꾼 생의 꽃밭에 싱싱하게 피어난 100개의 꽃 이야기. 평범한 사람

들의 평범한 일상생활을 아름다운 컬러 앨범으로 장식하게
해주는 마법의 장편소설掌篇小說.

〈가족〉이 베스트셀러가 되자 KBS에서 연속극을 하자는
제의가 왔으며 한 일 년 가량 아내 역에는 유지인 씨, 소
설가인 내 역에는 한진희 씨가 나오는 드라마가 방영되
기도 했었다. 우리 가족으로서는 쑥스럽기도 하고 겸연쩍
은 일이기도 했다. 어른들의 이야기가 중심이었으므로 다
혜와 도단이는 끝내 나오지 않자 '아빠, 우리는 도대체 언
제 나오는 거야'하고 불평했지만 어쨌든 내가 쓴 〈가족〉
이 공영방송에서 TV 드라마로 방영될 만큼 확산되는 것
은 개인으로서도 영광이었다.

지금까지 연재하는 동안 나는 세 사람의 가족을 잃었다.
엄마는 내 가족에서 중요한 인물이었으나 87년 돌아가
심으로서 배역에서 사라졌다. 엄마의 죽음으로 가족은 중
요한 주연배우 한 사람을 잃은 셈이었다. 그러던 중 작년
에는 셋째 누이가, 올 초에는 우리 집의 맏누이인 첫째 누
이가 돌아가셨다. 처음 시작할 때부터 나는 언젠가는 이
런 일들이 일어나리라고 예상하고 있었다.

〈가족〉을 연재하다 보면 언젠가는 나이 많은 엄마가 돌아가시고 가족 중에 누군가가 죽을 것이다. 네 살 난 다혜도 시집을 가고, 어느 날은 내가 손자를 봐 할아버지가 될지도 모른다. 어쩌면 〈가족〉을 연재하다가 글을 쓰는 내 자신이 죽을지도 모른다. 그러나 그런 생각은 막연한 상상이었는데 실제로 일어나게 되는 것을 보면 나는 〈가족〉을 연재하면서 살아가고 〈가족〉을 연재하면서 나이 먹고 〈가족〉을 연재하면서 늙어가고 〈가족〉을 연재하면서 인생을 배워나가고 있는지도 모른다.

조각난 그림들 하나하나는 불확실하지만 서로 짝을 맞춰나가는 동안 차츰 어떤 전체적인 형태가 완성되는 조각난 그림을 맞춰가는 퍼즐게임처럼 나는 〈가족〉이라는 소설을 통해 그때그때의 조각난 생활을 맞춰가면서 서서히 드러나는 인생의 실체를 깨닫게 되는 퍼즐게임을 하고 있는지도 모른다.

내가 벌이는 가족의 퍼즐게임은 그러므로 내가 죽음으로서 끝이 나게 될 것이다. 그런 의미에서 이미 출간된 단행본들과 지금까지 연재된 〈가족〉은 여전히 미완성이며, 아무도 그 연재 횟수가 언제까지 갈 것인가는 예측할 수 없다. 다만 조물주만이 그 연재가 언제 끝나리라는 것을 아실 수 있을 것이다.

〈가족〉 연재 300회 기념 자축연이 있었던 날, 내 아들 도단이 녀석은 이렇게 시건방을 떨었었다.

"제가 올해 27살이 되었습니다. 이때까지 아버지와 함께 살면서 느낀 좋은 점과 나쁜 점을 말씀드리려 합니다. 아버지와 저는 거의 친구처럼 지냅니다. 아무래도 정신연령이 좀 낮은 듯 하구요. 어떤 면에서는 저보다도 더 어립니다. 그래서 저는 가끔 이런 걱정을 합니다. 이 사람을 잘 돌봐줘야 할 텐데…"

시건방진 도단이 말 그대로 나는 집에서 가장 유치하고 정신연령이 낮은 저능아다. 그런 의미에서 아내와 아이들은 내 스승이자 부처님들이다.

당나라 때 양보楊補라는 사람이 있었다.

그는 일찍부터 불법에 심취해 있었다. 그래서 언젠가는 집을 떠나 불도를 닦으리라 결심하고 있었는데, 때마침 사천四川에 불법에 능통하다는 무제보살無際菩薩이란 사람이 있어 기회가 왔다고 생각한 양보는 무제보살을 찾아 집을 떠나 먼 길을 출발하였다.

가는 도중에 찻집에 들러 간단한 요기를 하고 있는데

노인 한 사람이 양보에게 물어 말하였다.

"젊은이, 어디 가시는가?"

이에 양보가 대답하였다.

"사천에 무제보살이라는 훌륭한 스님이 있어 그분을 만나러 가는 길입니다."

그러자 노인이 다시 물었다.

"그분을 만나서 무엇을 하려고?"

"불법을 이루어 부처가 되고 싶어서 찾아갑니다."

그러자 노인이 껄껄 웃으며 말하였다.

"부처가 되고 싶으면 부처를 만나 그분을 스승으로 삼으면 되지, 어째서 젊은이는 그 먼 사천까지 가서 보살을 만나려 하는가. 보살을 만나느니 부처를 만나는 게 낫지 않은가."

이 말을 들은 양보가 반색을 하며 물었다.

"그러하면 노인께서는 부처가 계신 곳을 알고 계십니까?"

이에 노인이 웃으며 대답하였다.

"알다마다. 지금 곧바로 집으로 가면 이불을 두르고 신발도 거꾸로 신은 채 뛰어나와서 맞는 사람이 있을 걸세. 바로 그분이 부처님이시라네."

노인의 말대로 보살을 만나 스승을 삼느니 직접 부처를 만나는 게 좋겠다고 생각을 바꿔 먹은 양보는 그 길로 집으로 돌아갔다. 밤늦게 집에 도착한 양보는 문을 두드리는데 바로 그 순간 노인의 말처럼 옷도 입지 못하고 그대로 이불을 두른 채 신발도 신지 못한 맨발로 달려 나오는 부처를 만나게 되는 것이다.

그 부처가 다름 아닌 어머니였던 것이다.

이에 크게 깨달은 양보는 이런 말을 남기게 된다.

"부처님은 집안에 있다(佛在家中)."

그렇다.

이제야 깨달았으니 내 아내와 내 자식들 모두 집안에 있는 부처님들인 것이다.

일상에서 도^道를 배우다

지금은 오너드라이버지만 10여 년 전까지만 해도 나는 운전을 할 줄 몰라 집에 기사가 있었다. 직장이 따로 있는 것도 아니고 집이 곧 직장이었던 나는 차에 딸린 기사가 집 안에서 우두커니 주인인 내가 외출하기만을 기다리는 것을 보노라면 숨이 막혀 죽을 지경이었다.

어쩌다가 술집 같은 데서 늦게까지 술을 마실 때에도 추운 바깥에서 누군가가 내가 나오기만을 기다리고 있다고 생각을 하면 역시 숨이 막혀서 견딜 수가 없었다.

내가 뭐라고 나하고 나이 차이도 별로 나지 않는 사람을 부리고 명령하고, 가끔 호통을 치기도 하고 차 뒷좌석에 머리를 기대고 앉아 유유자적하게 잠을 자는가. 그런 역할이 내겐 영 어울리지 않고 어색해서 죽을 맛이었다.

어떤 기사들은 내게 "사장님, 사장님" 하는 것이어서 "내가 무슨 사장이냐, 과장도 못 되는데" 하면서 다른 이름으로 부르라고 핀잔을 주면 어떤 녀석들은 아예 히죽히죽 웃으며 "형님"이라고 부르기도 하였었다. 어떤 날은 바깥에 나가고 싶지도 않고 집에서 그냥 잠이나 자고 싶은데도 기사가 외출하기만을 기다리고 있다는 강박관념 때문에 공연히 아내와 아이들을 이끌고 벽제까지 나가서 갈비를 먹고 돌아오기도 하였다.

그러나 내가 운전을 하고부터는 얼마나 마음이 편한지 마치 압박과 설움에서 해방된 민족 같은 자유로움을 느낄 수 있었다. 기사가 없으므로 아내와 아이들은 차를 얻어 타는 횟수가 줄어서 불평들이었지만 그 대신 낯선 식구와 맞대면하지 않아도 된다는 자유로움 때문에 그 누구도 새로운 운전기사를 고용하자는 제안을 꺼내지 않았다.

낯선 사람을 싫어하는 습성은 아내도 마찬가지여서 아내는 아홉 시에 출근해서 다섯 시면 퇴근하는 파출부 아줌마가 오면 역시 안절부절못했다. 파출부 아줌마가 오면 아내는 이것저것 신경 쓰기 싫어서 공연히 일도 없는데 핑계를 대어 외출했다가 저녁 무렵에야 돌아오곤 하였다. 파출부 아줌마가 있는데도 아내는 자기가 방을 쓸고 걸레를 빨고 공연히 눈치 보고, 먹으라고 커피 타주고, 심심해할까 봐 말동무도 해주고, 저녁때는 과자나 과일을 사서 들려주기도 했는데 어떻게 보면 누가 주인이고 누가 파출부인지 구별이 가지 않을 정도였다.

다섯 시까지 근무인데도 일이 없으면 아내는 네 시 무렵에 벌써 퇴근하라고 성화를 부린다. 아내는 파출부가 방을 닦고 쓸고 빨래를 하고 청소를 하는 것에 늘 미안해하고 송구스러워한다. 그래서 파출부가 집에 있으면 아내는 편안히 누워 있지 못하고 목욕탕 청소라도 하든지 하다못해 마당이라도 쓸어야만 직성이 풀린다. 파출부가 퇴근을 해야 아내는 비로소 마음이 놓이는 듯 문을 꼭꼭 여며 잠그고 이렇게 말한다.

"아아, 파출부 아줌마가 없으면 이렇게 마음이 편한데…"

그러나 나는 안다.

기사가 있어 불편했던 마음은 내가 운전대를 잡는 것으

로 눈 녹듯이 사라져 버렸지만 파출부가 있어 불편한 마음은 파출부를 내보내는 것으로 사라지지 않는다는 사실을.

우리 집은 절대로 아내 혼자서는 감당할 수가 없다. 집이 커서가 아니라 그만큼 잔일들이 많은 것이다. 일도 일이지만 아내는 가끔 외출도 해야 된다. 아파트라면 문을 잠그고 나갈 수가 있겠지만 명색이 단독주택이니 누군가 집을 지켜 줄 사람이 없으면 꼼짝도 하지 못한다.

청소도 청소지만 빨래거리가 하루만 지나도 산더미 같고 이틀에 한 번 정도는 시장에 다녀와야 한다. 흔한 경우는 아니지만 간혹 한 집에서 몇 십 년 동안 붙박이처럼 가사 일을 도와주고 있다는 분도 있음을 나는 잘 알고 있다. 그러나 대개의 가사도우미는 여러 사정상 한 집에 오래 붙어 있지 못하고 낯이 익을 만하면 그만두고 다른 집으로 가버린다. 사람 사귀는 데 서툴고 낯을 몹시 가리는 아내는 그토록 잘해 주었던 파출부가 인사도 없이 그만두겠다고 훌쩍 가버리면 마치 사랑하는 사람에게 버림을 받은 사람처럼 상처를 입는다. 신상품이라 하여 새로 산 옷도 주고 김치도 몇 포기 집으로 돌아갈 때 건네주고 과자랑 과일도 슬쩍 건네주고 정도 마음도 주던 파출부들이 언제 그랬냐는 듯 퇴근한 후 몇 날 며칠을 소식도 없어

전화를 하면 "다른 집으로 나가요, 미안해요" 하는 매정한 답변을 듣게 되는데 그럴 때면 아내는 배신감을 느낀 듯 몸져눕는다.

지난여름까지 있던 파출부가 그만두자 아내는 아예 더 이상 파출부를 부르지 않겠다고 선언을 하였다.

혼자 청소하고 혼자 빨래하고 혼자 집 보고 혼자 모든 일을 다 처리하겠다고 아내가 놀라운 선언을 한 것이다. 나는 그 선언을 듣는 순간 가슴이 철렁 내려앉았다. 지금까지 아내는 파출부 없이 몇 개월씩 서너 번을 지내왔었다. 그럴 때면 악바리인 아내는 아침에 눈뜨고 저녁에 잠들 때까지 온 집안을 고추 먹고 맴맴 달래 먹고 맴맴 돌고 있었다.

절대로 절대로 가능한 일이 아니었다. 혼자서 버티는 것은 불가능한 일이었다. 한 달 정도는 잘 버티다가 한 달 뒤쯤에는 몸살에 걸려서 대판 부부싸움을 한 뒤끝에야 죽기보다 싫은 '소개소'에 전화를 걸어서 새로운 파출부 한 사람 보내 달라는 전화를 걸곤 하였다. 혼자 일하고 혼자 집 보는 그런 바쁜 나날이 계속되면 아내는 우울증 증세까지 심해져서 아이들도 나도 슬슬 아내의 눈치를 보게 되고 밥 한 끼 얻어먹을 때도 갖은 아양을 부릴 수밖에 없게 되는 것이다.

그런 아내의 평소 습관을 잘 알고 있었던 나는 아내가
또다시 파출부 없이 전 살림을 도맡아 하겠다는 말도 안
되는 비장한 결심을 선언하자 겁부터 덜컥 도지기 시작
했던 것이다.

'야단났다. 또다시 밥 한 끼도 얻어먹기 힘든 어둡고 추
운 계절이 다가왔구나.'

아내는 자신의 결심을 곧 실행에 옮기기 시작하였다. 혼
자서 쓸고 닦고 걸레질하고, 먼지를 털고 카펫 청소를 하
고, 변기와 목욕탕 청소, 지하실 청소에 빨래, 유리창 닦
기에 전화받기, 이불 꿰매기에 바느질, 다리미질에 김치
담그기, 밥하기와 반찬 만들기, 옷장 정리에 냉장고 정리,
설거지에 접시 닦기, 화분에 물 주기, 마당 쓸기, 은행에
달려가서 기한 내에 전기세 수도세 내기, 이 모든 일을 혼
자서 처리하기 시작하였다.

나는 잘 알고 있었다. 아내는 절대로 한 달 이상 버티지
못할 것이다. 얼굴이 대추씨처럼 작아지면서 콜록콜록 가
래가 끓는 기침을 슬슬 시작하다가 나중에는 몸져눕게
될 것이다.

요즈음 아무런 일도 하지 않고 하루 종일 집에 앉아 있

는 나로서도 아내의 놀라운 초인적 작업을 모른 체할 수만은 없게 되었다. 눈치도 보이고 영 불편해서 모른 체 소파에 앉아서 책이나 볼 수도 없고, 본다 해도 글씨가 눈에 들어올 리가 없는 것은 당연한 일이었다.

결론부터 말하면 요즈음 나는 청소를 하고 설거지를 한다. 아내가 잠들어 있을 무렵 나는 이불을 개키고 먼지를 털고 방을 쓸고 걸레질을 한다. 조리대에 수북이 쌓인 접시와 그릇들을 닦는다. 아내처럼 빨간 고무장갑은 끼기 싫고 맨손으로 스펀지에 세제를 묻혀서 접시를 닦고 그릇들을 닦는다.

접시를 닦고 그릇을 닦으면서 나는 참으로 많은 것을 깨닫는다. 사람들은 어쩌면 내가 남자답지 못한 일을 하고 있다고 빈정댈지도 모른다. "이왕이면 앞치마를 두르시지그래" 하고 놀려댈지도 모른다. 또 "자식, 이런 글을 통해서 되게 애처가 노릇하고 있다고 자랑하는군" 하고 비웃을지도 모른다. 그런데도 불구하고 내가 이 글을 쓰는 것은 이 당연하고도 마땅한 일들이 어째서 아내의 손에서만, 여자의 손에서만 전담되어 이어져 내려왔는가 하는 점 때문이다. 접시를 닦고 그릇을 닦으면서 나는 행복감에 젖는다. 내 사랑하는 가족들이 먹은 그릇과 접시를 깨끗이 닦아 찬장에 가지런히 놓는 기쁨은 축복이다.

옛날 한 승려가 도를 얻기 위해서 고승을 찾아왔었다. 그는 밥을 짓고 나무를 쪼개고 불을 때는 것으로 허송세월을 보냈다. 견디다 못해 스승에게 따져 물었다.

"언제 제게 도道를 가르쳐 주시겠습니까?"

그러자 스승이 대답하였다.

"나는 네가 지어 주는 밥을 받아먹었고 네가 펴주는 이부자리에서 잠을 잤다. 너는 일어나 청소를 하고 빨래를 하였지 않느냐. 이미 내가 너에게 길을 열어 주었는데 어찌 너는 그 길을 보지 못하였단 말이냐."

그 고승의 말은 정확하다.

우리의 일상생활이야말로 길이요, 진리요, 행복이다. 길을 찾기 위해서 동구 밖에 나가는 사람은 어리석은 것. 접시를 닦고 그릇을 씻고 방을 쓸고 걸레질을 하고 마당에 쌓인 낙엽을 모아 태우면서 나는 김현승 님의 시 〈가을의 기도〉 한 구절을 떠올린다.

가을에는

기도하게 하소서.

낙엽들이 지는 때를 기다려 내게 주신
겸허한 모국어로 나를 채우소서.

가을에는
사랑하게 하소서.
오직 한 사람을 택하게 하소서.
가장 아름다운 열매를 위하여 이 비옥한
시간을 가꾸게 하소서.

아내의 독립 선언은 꽤 장기간 성공적으로 계속될 것 같다. 내가 아내의 빨래를 도와주고 아내가 외출할 때 집을 지켜 주면 아내는 파출부를 더 이상 부르지 않아도 될 것이다.

하느님이시여, 부처님이시여.
김현승 님의 시처럼 사랑하게 하여, 말로가 아닌 빨래와 청소로 두 분께 기도하게 하옵시고 빨래와 청소로 아내의 무거운 짐을 덜어 주게 하소서. 그리하여 김현승 님의 시처럼 이 가을에는 사랑하게 하소서. 제 모처럼의 파출부 노릇을 나날이 일상으로 습관화시켜 주소서. 그리하여 저를 아예 남자 식모로 만들어 주옵소서.

일곱 종류의 아내

며칠 전이었다.

이어령 선생님으로부터 자신이 운영하고 있는 문학관에 전시될 문학자료 같은 것이 있으면 달라는 연락이 왔다. 그래서 나는 이사 온 후 10년 동안 한 번도 열어보지 않았던 책장을 열어보았다.

그 책장에는 어릴 때부터 내가 습작해 놓았던 낡은 원고들이 한가득 들어있었다. 중학교 2학년 때부터 썼던 낡은 노트부터 문학청년 시절 누이네 집에서 배를 깔고 두 시간 만에 쓴 〈술꾼〉의 초고가 들어있는 대학노트 등 실로 수십 년 만에 그 기록들을 하나씩 하나씩 살펴보니 감회가 무량하였다.

쓰다만 미완성의 원고를 비롯하여 〈별들의 고향〉을 쓸 때는 처음 50여 회는 노트에 썼다가 다시 원고지에 베끼는 이중의 작업을 했던 흔적. 그뿐인가. 1966년 겨울에는 10군데의 신문사에 모두 신춘문예를 투고하고, 당선 소감까지 쓰고 입대를 했었는데 미리 쓴 당선 소감을 새삼 읽노라니 절로 얼굴에 미소가 떠오르고 있었다. 문학관에는 노트 종이에 만년필로 갈겨쓴 당선 소감을 보내기로 하고 책장을 덮으려는데 문득 한 번도 펼쳐보지 못한 다른 노트가 눈에 띄었다. 그것은 습작노트가 아니라 강의 노트로, 공부에 별로 취미가 없었던 나는 전 과목을 모두 한 노트에 메모하는 참으로 불성실한 대학생활을 보내고 있었던 것이다.

무심코 그 노트의 첫 페이지를 펼치자 거기에는 다음과 같은 글이 적혀있었다.

〈공약삼장〉
1. 나는 장래 정숙한 부인의 성실한 남편이 될 것이다.

2. 나는 장래 총명한 자식들의 자상한 아버지가 될 것이다.

3. 그러나 나는 지금 맹목적인 사랑에 나를 던질 것이다.

그것은 대학시절, 그러니까 60년대 중반 내가 자주 애용하던 문구文句중의 하나였다. 그 문구를 처음으로 창안해낸 것은 내가 아니었다. 어느 날 우연히 형의 메모장을 보다가 그 공약을 훔쳐보았던 것이다. 그 당시 5·16 쿠데타로 '혁명공약'같은 구호들이 난무하던 군사독재 시절이었으므로 혁명공약을 빗대어 이른바 청춘 공약을 형이 창안해낸 모양이었다. 그 문구에 매력을 느낀 나는 그 문구를 노트에 적어 다니기 시작하였다. 그러자 내 친구들도 모두 이 공약을 자신의 노트에 베껴 가지고 다녔다.

청춘은 아름답다고 누가 말했던가. 청춘은 아름답다는 말은 소설 속에서나 나올 수 있는 말이고, 청춘은 실로 참혹한 것이다. 참혹한 청춘시절, 나는 노트에 공약삼장을 새겨 넣으며 혼자서 결심하고 맹세하곤 했었다.

그러나 그 무렵, 내게는 사랑하는 여인도 없었으며 말로만 맹목적인 사랑에 날 던지겠다는 말뿐이지 나 같은 초라한 사람을 사랑해줄 대상이 없는 그야말로 참혹한 계절이었다.

젊은 날에 노트에 쓴 공약삼장을 거의 40년 만에 읽어 보면서 나는 젊은 날에 허공을 쏜 부러진 화살촉을 이제야 발견한 느낌이었다.

그러한가.

40여 년 전에 맹세했던 대로 나는 지금 정숙한 부인의 성실한 남편이 되어있는가. 또한 나는 지금 총명한 자식들의 자상한 아버지가 되어 있는가. 내 님은 누구일까, 어디에 계실까, 무엇을 하는 님일까 알지 못하고 거닐던 호반의 벤치. 그 참혹했던 청춘의 계절. 그 젊은 시절에 꿈꾸었던 공약을 지금 나는 성실하게 이행하고 있는가.

솔직히 말하면 나는 마음속으로 아내를 존경하고 있는데 그것은 아내가 무엇보다 정숙하다는 점 때문일 것이다. 나는 여인들이 말을 잘하거나 끼를 부리거나 나서기 좋아하는 것을 별로 좋아하지 않고 있다. 아내는 그런 의미에서 자신의 이름 '황정숙黃貞淑'대로 정숙한 여인인 것이다. 나는 지금까지 아내에게서 거짓을 별로 발견하지 못하고 있다. 아내에게는 어둠의 그림자가 별로 없다. 그래서 항상 아내는 유리창처럼 투명하다.

따라서 나는 '장래 정숙한 부인을 만나고 싶다'는 공약삼장의 제1장, 그 첫 구절은 감히 이루어낸 셈이라고 말할 수 있다. 비록 정숙한 부인의 성실한 남편은 못된다 하더라도 정숙한 부인을 만났으니 내가 목표한 제1장의 절반은 이루어낸 셈이다.

실제로 나는 주위로부터 내가 이만큼이라도 이름을 얻고 안정된 생활을 할 수 있는 것은 전적으로 아내 때문이라는 일반적인 평가를 얻고 있다. 고등학교 동창생 녀석들을 부부동반으로 만날 때면 약속이나 한 듯 이렇게 말을 하곤 한다.

"인호가 이만큼 잘 사는 것은 전적으로 제수씨 덕분입니다."

언젠가 아내와 함께 유럽을 여행 한 적이 있었는데 우리 일행을 안내했던 새카만 고등학교 후배 녀석이 사람들이 많이 모인 자리에서 이렇게 말을 해 망신을 당한 적이 있었다.

"여기 계신 최 선생님은 제 고등학교 선배님이시지만 이렇게 유명해지신대는 모두 사모님 덕분이라는 소문이 파다합니다…"

별로 기분 나쁠 것은 없었지만 그래도 공개 망신당한 것이 한심해서 그날 저녁 후배 녀석을 몰래 불러다가 따진 적이 있었다.

"해도 너무한 거 아냐. 영국에 사는 네놈이 알긴 도대체 뭘 안다고 그런 얘길 해."

"아이고 형님…"

후배 녀석이 정색을 하고 다시 말하였다.

"형님이 형수님 덕분에 잘되셨다는 소문이 후배들 간에 파다하게 퍼져있어요. 형님이 형수님을 만나지 못하셨다면 지금쯤 쪽박을 차고 있을 팔자라고요."

그 정도면 어안이 벙벙해진다. 그 정도인가. 내가 지금의 아내를 만나지 못하면 쪽박을 차고 있을 만큼 무능하고 성격파탄자란 말인가. 도대체 내 성격 중 무엇이 불합리해서 언제까지나 나는 바보 온달이고, 아내는 평강공주란 말인가.

실제로 갓 결혼할 무렵 사주를 본 적이 있었다. 독실한 천주교 신자였으면서도 걸핏하면 점집을 드나들던 큰누이는 대학생이었던 내가 아내와 결혼하겠다고 폭탄선언을 하자 그길로 관철동 어딘가에 유명한 점집에 다녀온 적이 있었다.

점집에 갔더니 사주를 본 점쟁이가 이렇게 물었다고 한다.

"신랑 집에서 오셨습니까. 신부 집에서 오셨습니까?"

누이가 '신랑 집에서 왔습니다'라고 하자 점쟁이는 숨도 쉬지 않고 단번에 이렇게 말했다고 한다.

"그럼 신랑이 땡잡았습니다. 두말할 것도 없이 빨리 장가를 보내십쇼. 이건 완전히 신부집에서 밑진 장사를 한 겁니다."

사랑하는 남동생들의 색싯감을 고르는데 누구보다 까다로웠던 큰 누이이고 보면 어쨌든 밑지는 장사가 아니라 남는 장사라는데 더 이상 시간을 끌 이유가 어디 있겠는가.

실제로 서둘러 결혼 날짜를 잡은 나는 며칠 뒤 신랑의 사주를 적어 신부 집에 보내는 사주단자四柱單子를 본 적이 있는데 구구절절이 아내 덕분에 큰 출세를 할 수 있다는 내용이 대부분이었던 것으로 기억하고 있다. 평소에도 점이나 사주 같은 것에 무신경했던 나는 그 사주단자를 그만 버스에 놓고 내려 영원히 잃어버렸는데, 어쨌든 사주팔자로 보면 나는 지금의 아내를 만나지 못했더라면 아마도 후배 녀석의 말대로 쪽박을 차고 있을 팔자가 분명해 보인다.

일찍이 코살라국의 수도인 슈라바스티 출신의 수닷타

장자는 권력과 재산이 많은 집안의 딸 옥야玉耶를 며느리로 맞아 드렸다. 그러나 비록 그 여인은 뛰어난 미모의 소유자였지만, 친정의 지위나 자신의 미모만을 믿고 시부모와 남편을 제대로 섬기려 하지 않았다. 아내로서의 미덕과 예절이 없는 것을 걱정하던 장자는 부처님을 청해 며느리를 교화시키기로 하였다. 초대를 받고 장자의 집을 찾아간 부처님이 옥야에게 말씀하셨다.

"세상에는 일곱 종류의 아내가 있다. 어머니와 같은 아내, 누이동생과 같은 아내, 친구 같은 아내, 며느리 같은 아내, 종 같은 아내, 원수 같은 아내, 도둑 같은 아내들이다."

부처님이 다정하게 다시 말을 이어 내려갔다.

"첫째, 어머니와 같은 아내란 항상 남편을 아끼고, 어머니가 자식 생각하듯 남편을 보호하는 아내다. 항상 남편의 곁 가까이에서 남편을 보살피고 아껴주며, 남편이 밖에 나갈 때에는 남들에게 흠 잡히지 않도록 마음을 쓰는 아내다.

둘째, 누이동생과 같은 아내란 한 부모에게서 혈육을 나눈 형제처럼 순수한 마음으로 남편을 오라비처럼 소중하게 섬기는 아내다.

셋째, 친구와 같은 아내란 남편을 사랑하는 마음이 지극해서 서로 의지하고 그리워하여 잠시도 떨어져 지내지 못하는 아내다. 늘 상호 간에 어떤 비밀도 없으며, 잘못을 보면 바른말로써 실수가 없게 하며, 좋은 일에는 칭찬하여 지혜가 더욱 밝아지도록 하고, 어진 벗처럼 서로 사랑하여 남편이 이 세상을 편히 살아가도록 하는 아내다⋯."

부처님의 말씀에 따르면 아내는 내게 있어 친구와 같은 여인이다. 바꿔 생각하면 내가 이만큼이라도 작은 이름을 얻고 안정된 생활을 할 수 있는 것이 전적으로 아내 덕분이라는 후배 녀석의 말은 어찌 기쁜 소식이 아닐 것인가. 아내 자랑은 팔불출이라고 하지만 어쨌든 나는 그 참혹했던 청춘의 계절에 맹세했던 공약삼장의 그 첫 장 '나는 장래 정숙한 부인의 성실한 남편이 될 것이다'라는 그 첫 조항을 완수하였으니, 아아, 나는 그만큼 행복한 사람이 아니겠는가, 그만큼 성공한 사람이 아니겠는가.

가
면
의
생 生

　지난달 초였다. 느닷없이 강인숙姜仁淑 영인문학관寧仁文
學館 관장으로부터 전화가 걸려왔다.

　내용은 뜻밖의 것이었다. 내 얼굴의 데스마스크를 떠보
라는 것이었다.

　데스마스크라니, 데스마스크라면 죽은 사람의 얼굴에
석고를 부어 얼굴을 원형 그대로 남기는 일종의 기념 탈
이 아닌가. 지금은 찾아보기 힘들지만 젊은 시절, 음악 감
상실 같은 곳에 가보면 베토벤의 데스마스크가 벽에 걸

려 있었다. 그것이 실제로 베토벤이 죽은 후 그의 얼굴에 석고를 부어 만든 데스마스크인지는 알 수 없지만 어둡고 음울한 베토벤의 얼굴을 보면 왠지 운명을 개척해 나가는 베토벤의 교향곡이 떠오르곤 했었다.

"선생님, 그럼 제가 죽었다는 말입니까?"

내가 어이가 없어 묻자 선생님이 웃으시면서 대답하였다.

"데스마스크가 아니라 살아 있는 사람의 마스크예요. 살아 있을 때 자신의 얼굴 하나쯤 가면으로 남겨두는 것도 재밌지 않겠어요? 어차피 우리의 얼굴이 가면 아닌가요."

날카로운 강 선생님의 표현대로 우리의 얼굴은 태어났을 때부터 가지고 있는 가면이다. 인간은 누구나 자신만의 가면을 쓰고 한평생을 살아간다. 철학자 칸트는 이렇게 말하지 않았던가.

사람은 모두 문명이 진보하면 할수록 점점 더 배우가 되어간다. 말하자면 사람은 남에 대한 존경과 호의, 정숙함과 공평무사의 가면을 쓰고 있는 것이다. 그러나 아무도 그런 것에는 속아 넘어가지 않는다.

그렇다면 나는 어떤 가면을 쓰고 있는 것일까. 칸트의 표현처럼 나는 어떤 위선의 가면을 쓰고 있는 것일까.

선생님의 말씀인즉, 일본에서 활동하는 여류 화가가 살아 있는 사람 수천 명의 얼굴을 종이 마스크로 만들어 전시하는 독특한 행위 미술전을 기획하고 있다는 것이었다. 오늘을 살고 있는 한국인과 일본인들을 무작위로 선택해 수천 명의 생생한 얼굴들을 한자리에 전시하는 전시회라며, 개인적으로 부탁을 해놓았으니 시간을 내어 한번 찾아가 내 얼굴을 마스크로 남겨놓으라는 것이었다. 선생님의 부탁이라 어쩔 수 없이 승낙은 하였지만 마음 한구석은 왠지 찜찜하였다.

영국 여왕 엘리자베스 1세는 평생 독신으로 살면서 한 번도 자신의 실제 얼굴을 남에게 보여주지 않았던 것으로 유명하다. 엘리자베스 여왕은 가면을 쓰고 있었던 것이 아니라 항상 두터운 화장을 하고 있었다. 한 번도 세수를 하지 않았던 이 여왕은 날마다 화장 위에 또 다른 화장을 덧칠함으로써 죽을 무렵에는 얼굴에 바른 화장의 두께가 웬만한 탈의 두께를 능가했다던가. 엽기적인 느낌의 이야기지만 어쨌든 엘리자베스 여왕은 평생 동안 화장이라는 가면을 쓰고 있었던 셈이다.

실제로 평생 동안 가면을 쓰고 살았던 사람도 있는데, 리플리Ripley가 쓴 〈믿거나 말거나〉라는 재미있는 책을 보면, 현재 우즈베키스탄의 중남부에 위치한 옛 부하라 국의 총독인 파르레드는 황금으로 만든 가면을 쓰고 84년 동안이나 살았다고 전해지고 있다. 젊었을 때 입은 부상으로 추악한 얼굴로 변한 그는 이 가면을 쓰고 죽는 날까지 한 번도 벗어본 일이 없었다고 한다. 임종 때에도 이 황금 가면을 쓴 채로 묻어달라는 부탁을 하여 가면을 쓴 채로 땅속에 묻혔으며, 생전에 그가 가장 두려워했던 것은 남이 자신의 얼굴을 보는 것이 아니라 자신의 얼굴을 거울 속에서 발견하는 것이었다고 전해지고 있다.

소설 속의 많은 주인공도 가면으로 자신의 정체를 숨기고 다닌다. 〈흑기사〉의 주인공도 그러하고, 슈퍼맨도, 스파이더맨도 그러하다. 특히 〈지킬 박사와 하이드〉는 인간이 지닌 양면성을 극단적으로 드러내 보인 소설이 아니었던가.

약속한 날, 나는 대학로로 나갔다. 전람회장에는 수천 명의 종이 마스크가 전시되어 있었는데, 먼저 와 있던 화가가 반가이 나를 맞아주었다.

"시간은 오래 걸리지 않아요. 10분이면 됩니다."

나는 평평한 간이침대에 누웠다.

"마음을 편히 가지세요. 불안해하실 필요는 없습니다."

화가는 내 얼굴 위에 석고를 꼼꼼히 바르기 시작하였다. 불안을 떨쳐버리라고 했지만 누워 있는 내 마음은 편치 않았다.

사람을 고문하는 방법 중에 물 묻힌 창호지를 얼굴에 겹겹이 바르는 방법이 있다던가.

아니다.

그것은 고문하는 방법이 아니다. 그것은 사람을 잔인하게 죽이는 방법인 것이다. 그처럼 얼굴에 겹겹이 석고를 바르고 그 무게가 가중되기 시작하자 나는 문득 질식할 것 같은 공포감마저 느꼈다. 코로 숨을 쉴 수 있도록 돌돌 만 종이를 양쪽 콧구멍에 집어넣었지만 두터운 석고는 건조되면서 뜨거운 열을 발산하기 시작하였다. 나는 처음에 석고를 빨리 말리기 위해서 전열기를 얼굴 가까이에 들이댄 것이 아닐까 생각했지만 그것이 아니었다. 석고가 굳어지면서 자체의 열을 발산했기 때문이다.

고대 이집트인들은 죽은 사람들의 영생불멸을 꿈꾸며 미라를 만들었다. 짧은 시간의 경험이었지만 나는 마치 죽음의 예행연습을 하는 느낌이었다. 살아 있는 사람 그대로 미라를 만드는 간접 체험을 해본 기분이라고나 할까. 10여 분이 지났을 때 화가가 내 얼굴에서 석고를 벗겨내며 말했다.

"자, 이것이 최 선생님의 얼굴이에요."

화가가 흰 석고 덩어리를 들고 말했다. 그러나 그것만으로는 내 얼굴이라는 실감이 나지 않았다. 그런 내 마음을 눈치챈 듯 화가가 말했다.

"이것은 단순한 석고 모형에 지나지 않아요. 최 선생님의 얼굴을 만들려면 이 석고에 종이를 밀착시켜 피부막을 만들어야 합니다."

시간이 없었지만 기다려 내 얼굴의 종이 마스크를 직접 확인하고 싶은 충동을 느꼈다.

일찍이 만공 스님은 1946년 10월 12일 입적을 앞두게 되자 시자에게 물을 떠오라고 일렀다고 한다. 시자들이 물을 떠오자 세수를 하고 단좌한 후 거울을 가져오라고 했다. 시자가 거울을 가져오자 만공은 거울에 비친 자신의 얼굴을 한참 들여다본 후 껄껄 웃었다던가. 그리고 다음과 같이 말했다던가.

"자네와 내가 이제 이별할 인연이 되었나 보구려. 그럼

잘 가게나."

만공은 평생 동안 쓰고 다녔던 자신의 얼굴, 그 가면과 이별할 때임을 알고 마지막으로 거울을 들여다보고는 작별 인사를 나눴던 것이다.

그렇다면 내 얼굴의 가면은 과연 어떻게 생겼을까. 사진이나 거울을 통해 본 평면적인 얼굴이 아닌, 석고를 부어 빚어낸 입체적인 내 얼굴. 내가 쓰고 다니는 가면의 실제 모습은 어떻게 생겼을까.

"다 됐습니다."

석고에 젖은 종이를 바르고 물기를 없애고 전열기로 말리는 세심한 작업 뒤에 화가는 완성된 종이 마스크를 내어주면서 웃으며 말하였다.

"코가 참 크기도 하시네요."

나는 그 여인이 내미는 종이 마스크를 받아들었다. 화가의 말대로 큰 코만 내 얼굴이라는 느낌이 들 뿐 평소에 느끼던 내 얼굴의 특징은 전혀 드러나지 않는 그저 한 장의 백가면白假面일 뿐이었다.

"이것이 제 얼굴입니까?"

나는 공허한 목소리로 물었다.

"그럼요. 최 선생님의 얼굴이에요. 보세요. 코 위에 있는 점하고 장난꾸러기의 얼굴. 긴 얼굴하고요. 틀림없는 최선생님 얼굴입니다."

그날 나는 내 얼굴을 들고 대학로를 지나, 내 얼굴을 들고 지하철을 타고 작업실로 돌아왔다. 작업실 입구 천장에 이 종이 마스크를 걸어놓았다. 드나들 때마다 '나'라는 얼굴로 알려진 가면 하나가 내게 이렇게 말을 건넨다.

"잘 있었나, 친구. 오랜만이네."

그렇다.

우리의 삶이야말로 가면의 생生이 아니겠는가.

어차피 우리의 인생이란 가면을 쓰고 벌이는 한바탕의 꼭두각시 노름인 것이다. 우리는 모두 가면의 탈을 쓴 어릿광대인 것이다.

살아있는 물건을 주어라

선물과 관련된 일화 중에 다음과 같은 것이 있다.

영국의 시인인 바이런Byron은 이탈리아를 여행하던 중 베니스에서 잠시 머물던 집주인의 부인과도 연애를 나눌 정도로 생전에 많은 여인과 사랑을 나눈 로맨티스트였다. 하루는 그 여인에게 아름다운 보석 목걸이를 선사하였다. 며칠 후 그 부인의 남편이 바이런에게 보석을 사라고 권했는데, 그것은 바이런이 부인에게 선물했던 바로 그 보석 목걸이였다. 바이런은 값을 깎지 않고 그 목걸이를 사서 다시 부인에게 선물했다고 한다.

이 에피소드를 보면 알 수 있듯이 바이런이 그 부인에게 준 선물은 환심을 사기 위한 일종의 미끼였으며, 받아들인 부인 역시 바이런이 준 목걸이를 하나의 값비싼 상품으로밖에 생각지 않았다고 할 수 있다. 다시 말해, 두 사람 사이에 오간 보석 목걸이는 마음에서 우러나온 진정한 선물이 아니라 하나의 거래에 지나지 않은 값비싼 물건일 뿐이었다.

어느 날, 오래전에 내게 영세를 주셨던 신부님이 집으로 플라스틱 통에 물을 가득 담아 들고 온 적이 있다. 무슨 물이냐고 했더니 자신이 묵고 있던 수도원의 물맛이 너무 좋아서 내게 줄 겸 한 통 들고 왔다는 것이었다. 냉장고에 넣어두고 며칠 동안 마시면서 나는 혼잣말로 중얼거리곤 했었다.

"아, 그렇구나. 물도 훌륭한 선물일 수가 있구나."

물론 선물이란 아무리 사소한 것일지라도 마음에서 우러난 것이면 그 진가는 큰 것이며, 아무리 값비싼 것이라도 대가를 위한 미끼일 경우에는 그 진가는 작을 것임을 나도 모르지 않는다. 그러나 그렇다고 하더라도 마음이 실리지 않은 사소한 물건은 받는 사람을 더욱 불쾌하게 한다. '선물이 중요한가, 마음이 중요하지' 하고 말하는 사람들을 종종 보는데, 나는 그 말에 동의하지 않는다. 상대방에 대한 배려나 성의가 없으면 선물하고 싶은 마음조차 생기지 않기 때문이다. 그래서 프랑스의 3대 고전 희곡 작가인 코르네유Corneille는 '선물하는 물건보다 선물하는 방법이 중요하다'고 말하고 있는 것이다.

나는 가끔 내가 받은 선물 중에 기억할 만한 물건이 있는지 생각해보곤 한다. 나는 때마다 분에 넘치는 선물을 받곤 한다. 해마다 명절이면 지인들로부터 선물을 받고 지금 쓰고 있는 만년필도 어느 광고 회사에 강연을 갔다가 받은 선물이다. 그러나 대부분의 선물들은 기억조차 나지 않고 곧 잊히곤 한다. 심지어 어떤 선물들은 받는 즉시 버려지거나 못 쓰는 물건 신세가 되고 만다.

이유는 간단하다. 그 선물들이 값싼 물건이어서가 아니라 내게 있으나 마나한 물건이기 때문이다. 말하자면 남을 주기에 아까운 물건이 아니라 내게 있어도 그만, 없어도 그만인 물건들을 선물로 받았기 때문이다.

나는 그 이유를 잘 알고 있다. 그것은 내가 남에게 그런 식으로 선물을 보냈기 때문이다. 나는 평소에 게으른 성격이라 남에게 많은 선물을 해본 적이 없다. 선물할 물건을 고르고, 그것을 보내는 일련의 과정 자체가 번거롭고 귀찮기 때문이다. 물론 나는 이 같은 나의 성격이 결코 자랑거리가 되지 못한다는 것을 잘 알고 있다. 그리고 이 같은 사고의 저변에는 남을 생각하는 사랑의 마음이 결핍되었음을 나는 잘 알고 있다.

실제로 나는 내가 정말 아끼고 간직하고 싶은 물건을 남에게 선물한 적이 없다. 내게 있어도 좋고, 없어도 그만인 물건을 선물하고 있는 것이다. 내가 그러한 물건들을 남에게 보내고 있으니 나 역시 그러한 선물들을 받는 것이 어찌 보면 당연하다고 할 수 있다.

언젠가 법정 스님이 TV의 한 프로그램에 나와서 다음과 같은 내용의 말을 하는 것을 인상 깊게 본 적이 있다. '남에게 물건을 주려면 반드시 살아 있을 때 주라'는 것이었다. 왜냐하면 사람이 죽으면 그 사람이 가졌던 물건도 함께 죽기 때문이라는 것이다.

법정 스님의 말은 내게 많은 생각을 불러일으켰다. 실제로 사람이 죽으면 그가 소유했던 물건도 함께 죽는다. 죽은 사람이 입었던 옷을 기꺼이 입는 사람은 없지 않은

가. 옷과 같은 무생물이라 할지라도 주인의 죽음과 더불어 함께 생명력을 잃어버리기 때문이다. 법정 스님의 말은 내게 '살아 있을 때 물건을 나누어주라'고 느껴지지 않고, 남에게 '살아 있는 물건'을 나누어주라는 느낌으로 받아들여졌다.

과연 나는 남에게 죽어 있는 물건이 아니라 살아 있는 물건을 나눠주고 선물한 적이 있었던가. 나는 대부분 내게 있어도 좋고 없어도 그만인 죽은 물건만을 선물하고 있지 않았던가. 쓸모없는 물건을 남에게 주는 것보다 차라리 현금을 선물하는 편이 낫다고 생각하여 마치 결혼식장에 축의금을 내듯 흰 봉투를 내밀지 않았던가.

에머슨Emerson이 선물에 이런 말을 한 적이 있다.

반지나 보석은 선물이 아니다. 그것은 정성이 결여된 하찮은 돌에 지나지 않는다. 유일한 선물은 네 자신의 일부분이다. 그래서 시인은 자신의 시를 바치고, 양치기는 어린 양을, 농부는 곡식을, 광부는 보석을, 사공은 산호와 조가비를, 화가는 자신의 그림을, 그리고 처녀는 자기가 바느질한 손수건을 선물한다.

에머슨의 말처럼 값비싼 보석보다 자신이 애써 가꾸어 수확한 한 줌의 곡식을 선물하는 농부의 마음이 더 값진 선물일 것이다.

이따금 나는 아내의 마음에 감탄하곤 한다.

아내는 남에게 선물을 할 때 혼신의 힘과 온갖 노력을 기울인다. 그리고 자신이 갖고 싶어 남에게 절대 주고 싶지 않은 물건들을 골라 남에게 선물한다. 그렇다고 무엇을 바라거나 어떤 대가를 기대하지 않는다.

평소 사회 활동을 하지 않고 만나는 사람도 없어 거의 집에서 은둔 생활을 하고 있는 전업주부인데도 아내는 자신이 만나는 사람 대부분에게 선물을 하고 있다. 놀라운 것은 아내가 주는 선물들은 죽어 있는 물건이 아니라 살아 있는 물건이라는 것이다. 따라서 아내는 남으로부터 많은 선물을 받고 있는데, 그 선물 역시 죽어 있는 물건이 아니라 살아 있는 물건이다.

한의사의 부인인 아내의 친구는 환절기면 한약을 달여 오고, 돌아가신 화가는 생전에 아내를 위해 자신이 그린 그림과 편지를 보내온다. 아내는 지금도 가끔 그 편지를 꺼내 읽고 혼자서 눈물을 흘린다. 그 편지를 내가 본 적이 있는데 꽃이 예쁘게 그려진 그 편지에서는 마치 동성연

애를 하는 것처럼 서로를 그리워하는 마음이 짙게 배어
나온다.

명색이 작가인 나이지만 남에게 그런 편지를 써본 일도
없고, 그런 편지를 받아본 적도 없으니, 그 이유야 간단하
지 않은가. 내가 그만큼 마음을 다해 남에게 선물을 해본
적이 없으며, 내가 그런 선물을 해본 적이 없다는 것은 그
만큼 내가 남을 사랑하지 않았다는 산 증거가 아니겠는가.

그렇다.

선물은 하나의 물건이 아니다. 선물의 교환은 물물교환
이 아니다. 그것은 사랑의 교환인 것이다. 사랑의 교환에
무슨 값비싼 선물이 필요할 것인가. 에머슨의 말처럼 농
부에게는 곡식이, 처녀에게는 자신이 손수 바느질한 손수
건이 최고의 선물이 아닐 것인가.

깃
발
이
휘
날
리
는
까
닭

나는 사진 찍는 것을 별로 좋아하지 않는다. 그것은 어
릴 때의 기억 때문일 것이다.

그때만 해도 사진기는 아주 드문 고가품이었으며, 따라
서 사진을 찍는 일도 별로 없었다. 어쩌다 사진을 찍을 때
면 나는 웬일인지 다른 사람보다 심하게 햇빛을 참지 못
하는 편이었다. 촬영하는 사람이 셔터를 누를 때까지 나
는 눈 속을 파고드는 햇빛을 견디지 못하고 항상 눈을 찡
그리곤 했었다. 당연히 인화한 사진들은 불만이 가득한

사람처럼 인상을 쓰고 있는 사진이 대부분이었다.

사람들은 그런 나를 불만에 가득 찬 버르장머리 없는 불손한 젊은이처럼 생각하고 있었으며, 첫인상이 좋다는 평가를 받아본 적이 없을 정도였다.

결혼식 때도 이장호 영화감독이 사진을 찍어주었는데, 몇 장 안 남아 있는 기념사진 속에 아내는 행복해 죽겠다는 신부의 미소를 결사적으로 띠고 있지만, 신랑인 나는 북한에서 도망쳐 나온 귀순 용사처럼 가르마 탄 얼굴에 웃지 않는 대통령 박정희처럼 인상을 쓰고 있었다. 이런 이유 때문인지 나는 가능하면 사진을 찍지 않으려 했었다. 사진을 찍을 기회만 오면 요리조리 핑계를 대고 도망치곤 했다.

내가 사진을 찍으며 처음으로 웃은 것은 책 〈별들의 고향〉을 낼 무렵, 표지에 실릴 사진을 찍을 때였다. 나는 그 순간을 선명하게 기억하고 있다. 유명한 사진작가가 찍었던 것으로 기억되는데 충무로 골목길에서 내게 계속 이렇게 명령하고 있었다.

"웃으세요, 웃으세요. 활짝 웃으세요."

〈별들의 고향〉이 책표지에 작가 사진이 실린 최초의 책이고, 그다음부터 책표지에 작가 사진이 실리는 것이 대

유행을 했던 것으로 기억되는데, 어쨌든 그 사진이 내가 활짝 웃은 최초의 사진일 것이다.

그 이후부터 찍은 사진은 대부분 입에 치약 거품을 물고 있는 듯 활짝활짝 웃고 있다. 사람이 웃으면 인상이 달라지고, 인상이 달라지면 성격이 변하고, 운명도 바뀌는 것일까. 활짝 웃는 사진을 찍기 시작한 이후부터 나는 우리나라에서 제일 사진을 많이 찍히는 유명 인사가 되었으며, 세속적으로 말해서 명예를 얻은 소위 인기 작가가 될 수 있었다. 그때 찍은 사진들을 세어보진 않았지만 족히 수천 장은 될 것이다. 처음에는 앨범에 차곡차곡 정리를 하던 아내도 나중에는 핵폭발처럼 쏟아져 들어오는 사진을 어쩌지 못하고 대충 서류 봉투에 넣어 보관하고 있던 것을 보면 아마도 나만큼 사진을 많이 찍힌 사람도 없을 것이다. 인디오들은 사진을 찍으면 '일주일의 영혼이 빠져나간다'고 생각하는데, 그러고 보면 나는 아마도 사진을 통해 영혼이 다 빠져나간 허수아비인지도 모른다.

그러나 사진을 찍는 것보다 내가 더 싫어하는 것이 있다. 그것은 바로 사진을 골라내는 일이다.

오래전 한 출판사에서 한 권 분량의 앨범을 정리하겠다는 제의가 왔을 때나 최근 어떤 잡지사가 인생 앨범을 기획했을 때나 또는 중단편 전집을 낼 때에도 사진 게재를 거절했던 것은 그 수천 장의 사진을 뒤져 몇 장의 사진만을 골라내는 작업이 엄두가 나지 않았기 때문이다.

최근 어쩔 수 없이 사진을 정리하지 않으면 안 되는 일이 생겼다. 20년 전에 출간했던 〈잃어버린 왕국〉이란 대하소설을 개정해서 재출간하는데, 오래전에 찍어두었던 일본의 사학자 초상을 한 장 찾아내야만 하는 피치 못할 사정 때문이었다.

나는 미루고 미루다 어느 비 오는 날 아내와 둘이서 사진이 담긴 가방을 거실에 놓고 수천 장의 사진을 뒤지기 시작했다. 수천 장의 사진 속에서 단 한 장의 사진을 골라내야 한다는 강박 관념에 처음에는 스트레스를 받았지만 사진들을 한 장 한 장 들여다보고 있는 동안 차츰 알 수 없는 감상이 떠오르고 있었다.

이제는 다 커버린 아이들이 사진 속에서 여전히 아이로 뛰어놀고 있었다. 지금은 돌아가신 엄마가 빨갛게 단풍이 물든 내장산 잔디밭 위에 앉아 계셨고, 역시 돌아가신 큰누이가 내 옆에 앉아 다정하게 어깨 위에 손을 두르고 있었다. 막내 누이는 어느 해 어느 계절인지는 기억나지 않으나 남산타워 밑에서 어린 조카들을 양옆에 거느리고 채송화처럼 웃고 있었다. 지금은 할머니가 다 된 아내도 동해 바닷가에서 웃고 있고, 설악산에서 머리 위에 꽃을 꽂고 춘향이처럼 웃고 있었다.

사진 속에서는 그리운 엄마도 살아 있고, 누나들도 함께 있고, 아내도 젊고, 나 역시 이팔청춘이로구나.

세계적인 이론물리학자인 아인슈타인Einstein은 자신의 모습을 열심히 찍는 사진사에게 이렇게 말했다고 한다.

"당신은 훌륭한 직업을 가졌소. 당신이 외과 의사를 닮았다는 것을 아십니까?"

의아한 표정으로 사진사가 물었다.

"어째서 제가 외과 의사와 닮았다는 말씀이십니까?"

아인슈타인이 대답하였다.

"외과 의사들은 메스를 잡고 수술을 해 사람의 목숨을 살려주고, 당신은 카메라 셔터를 눌러 사람의 삶을 그대로 보존시켜 주지 않소. 사람은 어차피 늙게 마련인데 사진 속 사람은 나이도 안 먹고 여전히 하나도 변한 게 없으니 그 이상 훌륭한 외과 의사가 어디 있겠소. 자칫 희미한 추억으로만 간직할 뻔한 모습들을 생생하게 다시 살려놓으니 당신은 외과 의사처럼 퍽 훌륭한 일을 하고 있는 겁

니다."

　사진을 한 장 한 장 뒤지는 동안 나는 아인슈타인이 말한 것처럼 사진 속 사람은 나이를 먹지 않으며, 사람은 변해도 사진 속 사람은 언제나 변함이 없다는 사실을 절실하게 깨달았다. 그리고 신비로운 것은 그때 입었던 옷들이 비록 지금은 낡아서 없어졌지만 생생하게 기억되고 삶의 동반자로서 중요한 역할을 하고 있다는 사실 또한 깨달았다.

　그뿐인가. 내장산 잔디밭에 앉아 있는 엄마가 입은 털 스웨터를 보자 문득 엄마만이 가지고 있던 특별한 냄새까지 선명히 기억되어 떠오르고 있었다. 그 스웨터는 엄마가 이 지상에 내려와 내 엄마 역할의 연극배우를 할 때 입었던 무대 의상들이며, 지금은 그 역할을 다하고 함께 사라져버린 것이다.

　"대자연은 신의 의상이며 모든 사상과 형식, 제도는 그 의상을 꾸미는 단추와 같은 액세서리에 불과하다"며 '의상철학'을 펼친 토마스 칼라일Carlyle의 말처럼 우리가 한때 입었던 옷들은 결국 우리 자신을 드러내 보이는 존재의 양식인 것이다.

　우리는 강물을 바라보면서 생각한다. 강물은 끊임없이

흘러간다고. 우리는 무심한 세월을 한탄하면서 생각한다. 시간은 끊임없이 흘러간다고.

그러나 며칠 전 어느 비 오는 여름날 아내와 둘이서 수천 장의 사진을 뒤져 마침내 한 장의 사진을 찾아낸 후 느낀 소감은 이와는 달랐다.

흘러가는 것은 강물이 아니라 그것을 바라보는 나 자신이며, 끊임없이 흘러가고 있는 것은 세월이 아니라 나 자신이라는 것을.

일찍이 육조혜능六祖慧能이 말하지 않았던가. 깃발이 휘날리는 것은 바람 탓이 아니라 그것을 바라보는 마음이 흔들리기 때문이라고.

혜능의 말은 진리의 구경이다.

언젠가 그 사진 속에 있는 모든 사람은 죽을 것이다. 나도 죽고, 아내도 죽고, 우리의 아이들도 죽고. 또한 그 사진 속에 남아 있는 모든 사물과 삼라만상도 사라질 것이다. 그러나 모든 것은 죽고 사라질지라도 '꽃잎이 떨어져도 꽃은 지지 않는다'는 성 프란치스코 살레시오 성인의 금언처럼 우리의 인생은 영원히 사라지지 않을 것이다.

종교는 곧 친절이다

오래전의 일이다.

하루 종일 집안 청소를 하고 파김치가 된 아내가 손을 씻으며 혼잣말로 중얼거렸다.

"강운구, 수고했소. 이젠 집으로 돌아가도 좋소."

참으로 뜻밖의 소리였다. 내겐 무척이나 낯익은 말이었다. 그런데 대체 어디서 들은 것인지 도무지 기억이 나지 않았다. 내가 물었다.

"어디서 많이 듣던 소린데?"

아내가 깔깔거리며 웃었다.

"초등학교 때 국어 교과서에 나온 문장이에요."

순간 나는 까마득히 어린 시절 초등학교 때 읽었던 국어 교과서의 글귀가 떠올랐다. 무슨 내용이었는지는 정확히 기억나지 않는다. 아마도 5, 6학년 때 같은데, 학교 청소를 다 끝낸 후 선생님이 강운구란 학생에게 했던 말이었던 것이다.

누구든 초등학교 시절 힘들게 청소를 끝낸 후 선생님의 검사를 받고 '이제 그만 집으로 돌아가도 좋다'는 말을 들었을 때 갑자기 신이 나고 기분이 좋았던 기억이 있을 것이다. 아내는 왠지 힘든 일이 끝나고 나면 그 글귀가 떠오른다고 했다.

"강운구, 수고했소. 이젠 집으로 돌아가도 좋소."

아내는 모든 일을 학교 숙제하듯 하곤 한다. 선생님으로부터 화장실 청소나 교실 청소를 명령받아서 하는 듯 매사를 꼼꼼히 해치우곤 한다. 그 말을 들은 후부터 나는 아내가 힘든 일을 끝내면 이렇게 국어책 낭독하듯 말한다.

"황정숙, 수고했소. 이젠 그만 집으로 돌아가도 좋소."

따지고 보면 나날의 우리 삶은 신이 우리에게 주는 숙제인 것 같다. 매 순간 그 숙제를 충실하게 하다 보면 언젠가는 선생님께 숙제 검사를 받듯이 우리들이 살아온 인생의 숙제를 검사받게 될 것이다. 그러면 신은 나에게 이렇게 말할 것이다.

"최인호, 수고했소. 이젠 천국(?)에 들어가도 좋소."

나는 아내처럼 숙제에 철저한 사람을 본 적이 없다. 강박관념까지 있어서 그런지 몰라도 아내는 매사에 최선을 다한다.

장 보는 것도 결사적이고, 택시를 잡는 것도 결사적이다. 반찬을 만드는 것도 결사적이고, 화장을 하는 것도 결사적이다. 매사를 숙제로 생각하고 있으니 한 가지 일을 끝낼 때마다 '강운구, 수고했소. 이젠 집으로 돌아가도 좋소'란 초등학교 때의 교과서 문장을 떠올리는 것은 당연한 일이다.

지난달 나는 아내와 일본에 다녀왔다.

역사소설에 나오는 현장을 답사하기 위해서였는데, 여행을 떠날 때 아내는 같은 아파트에 사는 친구로부터 일본어로 번역된 불경을 구해 달라고 부탁을 받았던 모양이다. 나는 외국에 나갈 때 가능하면 그런 부탁을 받지 않으려 한다. 그런 부탁이 얼마나 스트레스받는 일인지 잘 알고 있기 때문에 부탁도 받지 않고, 또 남들에게도 부탁을 하지 않으려 한다. 아내는 비행기를 탈 때부터 그 부탁받은 책을 적어 둔 메모지를 들고 안절부절못하고 있었다.

우연히 오사카의 호텔방 안에서 나는 아내가 찾는 그 책을 발견할 수 있었다. 우리나라의 호텔에도 선교용으로 성경책이 있듯이 일본의 호텔에서도 일본어로 번역된 불경이 서랍장 속에 들어 있었다. 횡재한 기분으로 그 책을 보여 주자 아내의 눈이 동그래졌다.

"바로 이 책이잖아. 가져가."

나는 일부러 책방에 들러 책을 사는 수고를 하지 않아도 되고, 게다가 공짜로 얻었다는 사실에 신이 나서 소리쳤다. 그러자 아내가 말하였다.

"호텔방의 비품을 슬쩍 가져가도 돼요?"

"괜찮아."

나는 머리를 끄덕였다.

"이 책들은 선교용이기 때문에 누구나 가져가도 도둑질하는 게 아니니깐 괜찮아."

그래도 아내는 뭔가 못마땅한 듯하였다. 책을 현미경으로 관찰하듯이 꼼꼼히 뒤져 보더니, 친구가 써준 발행연도와 다르다고 했다. 친구는 최신판이 필요한데, 이 책은 8년 전에 발행된 것이라는 얘기였다.

"이 봐, 불경은 2500년 전에 태어난 부처의 말이라고. 그러니 최신판이라 하더라도 전에 나온 책과 다를 것이 없단 말이야."

나는 재빨리 그 책을 아내의 가방 속에 집어넣었다.

그러나 아내의 숙제는 여기에서 끝나지 않았다. 이틀 뒤 도쿄의 호텔에서도 같은 책이 발견되었다.

"여기도 있네."

이번에는 5년 전에 발간된 책이었다.

나는 신이 나서 그 책을 아내에게 주었으나 아내는 여전히 친구가 메모해 준 최신판이 아니라고 찜찜한 표정을 지었다. 아내를 안심시키기 위해서 나는 8년 전에 나온 책과 5년 전에 나온 책을 일일이 비교해가며 판형은 물론 내용의 토씨까지 바뀐 게 전혀 없다는 걸 확인시켜 주었다. 아내는 이 책도 가방 속에 넣었다. 이제는 안심이다 싶어 활짝 웃으며 아내에게 씩씩하게 소리쳤다.

"황정숙, 수고했소. 이젠 책 걱정 마시고 집으로 돌아가도 좋소."

도쿄에서의 마지막 날. 긴자의 거리를 박물관 섭외를 맡고 있던 아오키青木 군과 걷고 있는데, 아내가 잠깐 어디 들렀다 올 때가 있으니 시간을 좀 달라고 했다. 우리는 한 시간 뒤 백화점 2층에 있는 카페에서 만나기로 하고 헤어 졌다. 시간이 남아서 나는 아오키 군과 근처에 있는 책방에 들러 신간들을 살펴보기로 하였다. 일본에 가면 주로 역사에 관한 학술 서적을 사는 것이 내 취미로 한 시간가량 책을 구경하고 몇 권을 사서 나오려는 순간, 아내가 진열대 앞에서 점원과 얘기를 나누고 있는 광경이 목격되었다. 아내도 나를 보았다. 아내는 나를 보더니 갑자기 방귀를 뀌다 들킨 사람처럼 크게 놀라며 후다닥 도망쳐 서점을 나가버리는 것이 아닌가.

그 날 밤, 내가 서점에 왜 갔었냐고 물었더니 아내가 대답하였다.

"친구가 말했던 최신판이 있나 해서 찾아봤어요."

"그랬더니?"

"없다는 거야. 비매품이래요."

"그런데 왜 나를 보자마자 도망쳐 버렸어?"

"뭐라고 그럴까 봐."

나는 그런 아내의 모습을 마음 깊이 존경하고 있다. 아내는 이미 두 권의 책을 확보하였으므로 자신의 숙제를 충분히 끝냈다. 그것도 공짜로. 그러나 친구가 원하는 책을 끝까지 찾기 위해서, 신경질을 내는 나를 안심시켜 놓

고 몰래 찾아간 책방에서 나를 만나자 화들짝 놀라서 도
망쳐 버린 것이다.

달라이라마에게 어떤 사람이 물었다.
"한마디로 종교는 무엇입니까?"
달라이라마가 이렇게 대답하였다.
"종교는 친절입니다."
달라이라마의 말이 진리라면 아내는 친절한 사람이고
따라서 독실한 신앙인이라고 말할 수 있다.
〈고백록〉을 쓴 중세의 교부敎父이자 위대한 사상가였던
아우구스티누스Augustinus는 친절에 대해서 이렇게 말하
고 있다.

남에게 친절을 베풀고 은근히 채권자와 같은 마음으로 그 보
답을 기다리는 것은 무엇보다도 내 마음의 평화를 위하여 좋
지 않다. 또 그러한 친절은 상품과 같은 것이 되어버린다. 친
절은 어디까지나 순수해야 한다. 그 속에는 아무런 목적도
들어 있어서는 안 된다. 친절 그 자체가 목적이어야 한다.

어쨌거나 아내의 친구는 뜻하지 않게 책을 두 권이나
선물 받았다. 자초지종을 전해 들은 친구가 아내에게 이

렇게 말하였다고 한다.

"황정숙 어린이, 숙제 정말 잘 끝냈어요."

여기에 나는 한마디를 덧붙이고자 한다.

"강운구, 수고했소. 이제 그만 집으로 돌아가도 좋소."

바
보
선
사
의

혼
잣
말

　신문에 소설 〈불새〉를 연재하고 있었을 때니 아마도 30
년 전쯤 되었을 것이다. 지금은 출판 박물관장으로 계신
K씨가 당시 출판사에 근무하고 있었다. 나를 만나자 자신
이 열렬한 애독자라고 말한 다음 소설 속 주인공이 혼잣
말을 하는 장면이 많이 나오는데 실제로 내게 혼잣말을
하는 버릇이 있느냐고 물었던 적이 있었다.

　우연한 질문이었지만 그 이후부터 나는 나도 몰랐던 사
실을 알게 되었다. K씨의 지적처럼 내가 혼잣말을 하는

습관이 있음을 깨닫게 된 것이다.

연극에서는 배우가 상대방 없이 혼자서 하는 대사를 독백獨白이라 하고, 모든 역을 혼자서 하는 일인극을 모노드라마라고 한다. 그렇게 보면 나는 혼잣말을 하는 일인극의 배우처럼 일상생활을 하고 있는 셈이다. 내가 혼잣말을 많이 하는 경우는 어느 한순간 낯 뜨거운 과거의 장면이 떠오르거나 기억조차 하기 싫은 비굴하고 옹졸한 내 자신의 치부를 떠올릴 때이다. 그럴 때면 나는 나 자신도 모르게 '아이고 미친놈' '망할 자식'하고 입 밖으로 욕설을 내뱉는다. 그 욕설은 내가 또 하나의 나를 향해 던지는 일종의 야유이다.

젊은 시절 나는 거의 매일 밤마다 술을 마시고 귀가하였다. 새벽에 술이 깨어 정신이 말짱해지면 술 취해 객기를 부리던 지난밤의 모습이 떠오르고 그럴 때면 나도 모르게 가래침을 뱉듯 자신을 향해 저주의 혼잣말을 던지곤 했었다.

"야 이놈아, 정신 차려. 이 미친놈아, 이 사기꾼아. 나가 죽어."

그러나 모든 혼잣말이 이렇듯 나 자신을 혐오하는 자기 비하의 욕설만은 아니다.

고속도로에서 내가 탄 차를 향해 갑자기 달려든 미 군용 트럭과 정면으로 부딪친 순간 나는 이렇게 혼잣말을 하고 있는 자신을 발견할 수 있었다.

"괜찮아. 너무 걱정하지 마. 아무 일도 없을 거야. 무서워하지 마."

자세히 살펴보면 자신을 비난하는 욕설보다 오히려 자신에게 용기를 주는 혼잣말이 더 많이 있음을 알게 된다. 우리는 하루에도 수십 번씩 쓸데없는 걱정에 휩싸이며 알 수 없는 불안에 시달린다. 크고 작은 난관이 우리를 괴롭히고 걱정거리가 우리를 찌른다. 그럴 때면 나는 중얼거린다.

"미리 불안해할 필요는 없어. 모든 게 잘 될 거야."

간혹 절체절명의 궁지에 빠질 때도 있다.

1990년대 말 백두산에 촬영을 갔다가 촬영 팀과 함께 깎아지른 수직 벽을 무모하게 내려갔던 적이 있었다. 무거운 장비를 지고 미끄러운 경사면을 내려가는데 자칫하다가는 추락할 것 같은 본능적인 공포가 엄습하였다. 그 순간 나는 주문처럼 혼잣말을 하였다. 특히 급할 때는 내 자신의 이름을 직접 부른다.

"인호야, 정신 차려. 조심해. 괜찮아. 인호야, 두려워하지 마."

남들이 보면 나를 미쳤다고 할 것이다. 상대방 없이 혼자서 중얼거리는 것은 일종의 해리^{解離}현상으로 분열증의 특징적인 증상이다. 그러나 절박한 순간 그냥 단순하게 '괜찮아, 걱정 마'라고 용기를 주기보다 출석을 부르는 선생님처럼 자기 자신의 이름을 부르며 스스로를 격려하면 기적과 같은 용기가 솟아오르는 것을 느낀다.

이때에 나는 내가 아니라 '나는 나다'라고 말씀하신 절대의 나, 즉 하느님일지도 모르고 가면 쓴 가짜의 최인호가 아니라 내 인생의 연극 무대에서 주인공으로 실재하는 진짜의 최인호, 즉 '참나〔眞我〕'일지도 모른다.

지난여름 불면에 시달리면서 나는 한밤이면 유령처럼 일어나 아파트 앞에 있는 중학교 운동장을 하염없이 바라보곤 했었다.

불면에 시달리는 내 자신을 도저히 이해할 수도 용서할 수도 없었다. 의사는 중독성이 없으니 안심하고 먹으라며 흰 빛깔의 수면유도제를 처방해주었지만 그 조그만 약에 잠을 저당 잡힌다는 것은 자존심이 허락지 않았다.

나는 잠을 못 자는 고통보다도 잠이라는 무거운 숙제에 전전긍긍하는 내 자신이 싫었다. 혼잣말이 더욱 늘어난 것은 그 이후부터였다. 밤에 운동장을 바라보면서 이렇게 중얼거리곤 했다.

"인호야, 걱정 마. 안거에 들어간 스님들은 마지막 일주일간 한숨도 안 자고 용맹정진 하잖아. 바로 용맹정진을 한다고 생각해. 괜찮아. 별것 아냐."

나는 느낀다.

내가 진실한 마음으로 내 이름을 부르면 김춘수의 시〈꽃〉처럼 나는 나에게로 와서 잊혀지지 않는 하나의 눈짓이 되는 것을. 그리고 신비하게도 힘과 용기가 분수처럼 솟아오르고 따뜻한 위로와 더불어 마음의 상처가 치유되는 것을.

운동처방학을 전공한 Y교수의 논문도 이와 같은 나의 생각을 뒷받침하고 있다.

운동선수들이 경기에 이기기 위해 '침착하자' '드디어 때가 온 거야' '좋아, 너는 할 수 있어' '난 내 자신을 믿어' 등 혼잣말을 하는 경우가 많은데, 이 때 마음속으로 되뇌기보다는 입 밖으로 드러내 혼잣말을 하는 선수가 그렇지 않은 상대보다 월등히 성적이 좋았다고 한다.

중국의 당나라 때 저장성(浙江省)의 서암사瑞巖寺라는 절에 사언師彦이라는 선사가 살고 있었다. 그는 '산은 산이요 물은 물이다'라는 화두로 유명한 암두巖頭의 제자다. 그러나 사언은 실은 스승으로부터도 인정받지 못했던 치둔인痴鈍人이었다고 한다.

그가 그렇게 불린 데는 이유가 있다. 어느 날 공양 초대를 받아 신도 집에 갔을 때 주인이 유리와 구슬로 된 염주 알을 바구니에 가득 담아 마음에 드는 것을 각자 골라 가지라고 했던 데서 비롯되었다. 사언은 다른 스님들이 다 고른 후 마지막에 남은 가장 볼품없는 것을 집어 들고 '이것이 가장 내 마음에 든다'라며 흡족해하자 그 이후부터 '바보선사'라 불리게 된 것이다.

사언은 아침에 일어나면 판도방判道房(절에서 고승이 거처하는 큰방 옆의 작은 방) 앞마루에 걸터앉아 먼 산을 보면서 이렇게 말하였다.

"주인공아."

그러고 나서 사언이 대답하였다.

"네."

"정신 차려라."

"네."

"앞으로도 속지 말아라."

"네."

사언의 자문자답은 자기 속의 자기야말로 만유의 근원적인 한 물건이자 본질 이전의 진아眞我임을 깨닫고 스스로를 끊임없이 성찰하고 경책하는 벽력霹靂임을 드러내 보인 것이라 할 수 있다.

나는 요즈음 내 속에 숨어 있는 또 하나의 나를 믿는다.

나는 이제 내 인생의 주인공인 오직 나만을 위해 글을 쓰고 싶다. 단 한 사람의 독자면 충분하다. 그 독자로부터 인정받는 그런 작가가 되고 싶다.

캐나다의 사회학자인 배리 웰먼Wellman은 이렇게 말했다.

세상에서 가장 좋은 벗은 나 자신이며, 세상에서 가장 나쁜 벗도 나 자신이다. 나를 구할 수 있는 가장 큰 힘도 나 자신 속에 있으며 나를 해치는 무서운 칼날도 나 자신 속에 있다. 이 두 개의 나 자신 중의 어느 나를 좇느냐에 따라 운명이 결정된다.

요즘엔 혼잣말이 부쩍 더 늘었다.

나는 다정스럽게 내 이름을 불러본다.

"인호야."

소리 내어 나는 대답한다.

"왜 불러."

"나와 노올자."

"그으래."

나와 나는 요즘 어깨동무를 하고 날마다 함께 산에 간다. 나는 내 친구가 너무 좋다. 우리의 우정은 천지가 갈라지기 전부터 시작되었으며 부모가 태어나기 전부터 있어 왔고 죽음도 우리의 우정을 갈라놓지는 못할 것이다. 나는 씨동무인 나를 사랑한다.

보살도 병이 낫는다

중생의 병이 나으면

지금껏 나는 비교적 몸이 건강하여, 불의의 교통사고로 짧게 병상에 누웠던 적은 있어도 병에 걸려 입원 생활을 해본 적은 없었다.

그래서 평소에 병원은 나와 상관없는 별도의 공간이며 운이 나쁜 사람들이나 가는 격리된 수용소와 같은 곳이라고 생각해 왔다.

그러던 내가 침샘 암이라는 판정을 받아 요즘엔 어쩔 수 없이 병원에 자주 가게 된다. 그럴 때마다 느끼는 것은 왜 그렇게 아픈 사람들이 많을까 하는 의문이다. 인구도 많이 증가하였고 사람들의 평균 수명도 길어졌으며 각종 오염된 환경과 공해로 인한 외부적 환경 탓도 있겠지만, 그렇다 하더라도 점점 거대해지는 종합병원과 환자들로 넘쳐나는 모습을 마주하면 나도 모르게 가슴이 메곤 한다.

특히 병원 복도에서 병에 걸린 어린아이들의 모습을 보게 되면 눈시울이 뜨거워진다. 저렇게 천진한 아이들이 어째서 병에 걸리는 것일까. 예부터 사람들은 막연히 질병이나 신체적 장애를 죄에 대한 결과로 생각하고 있어 으레 그런 불행은 죄에 따른 형벌이라는 식으로 인식하여왔다. 성경에도 그런 편견을 암시하는 내용이 나오고 있다. 태어나면서부터 눈먼 소경을 향해 제자들은 예수께 묻는다.

"선생님, 저 사람이 소경으로 태어난 것은 누구의 죄입니까? 자기의 죄입니까, 아니면 그 부모의 죄입니까?" 제자들의 질문에는 눈먼 소경의 신체적 불행을 죄에 대한 업보로 인식하는 고정관념이 여실히 드러나고 있다. 병든 모든 사람은 죄 때문에 벌을 받기 위해서 앓고 있는 것일까. 그렇다면 아직 죄에 물들지 않은 아이들은 무슨 이유로 저처럼 처참하게 앓고 있는 것일까. 제자들의 질문처럼 그 부모의 죗값을 치르고 있는 것일까. 아니 그보다도 이 세상에 죄인이 아닌 사람은 과연 있는 것일까. 자신은 죄인이 아니라고 시치미를 떼고 있는 사람일지라도 아직 '발각되지 않은 죄인'일 뿐 가슴에 주홍글씨를 낙인찍고 있는 미결수임에 틀림없는 것이다.

환자뿐이 아니다. 이 세상에는 왜 그처럼 불행한 사람들이 많은 것일까. 저 화려한 물질만능의 광장 바로 한 곁에서 철거민이 불에 타서 비참하게 죽어간다. 유통기한이 지나 함부로 버려지는 산더미 같은 식료품 쓰레기 한 곁에서 하루에 한 끼도 제대로 못 먹는 소년소녀들이 굶주리고 있다. 술에 취해 흥청거리며 깔깔거리는 사육제 한 곁에서 소외받고 가난한 이웃들이 쪽방에서 슬퍼하고 있다. 울고 있다. 통곡하고 있다. 그들의 고통과 불행과 가난 역시 그의 죄 때문인가. 업보 때문인가.

유마힐維摩詰은 불전에 등장하는 유명한 인물로 출가한 사문沙門은 아니고, 재가在家의 신도였다. 세속에 살고 있던 거사居士라 할지라도 '사문의 청정한 계를 받들어 행하고 삼계에 집착하지 않고 중생들의 마음을 꿰뚫어보는

데 통달하였던 장자長者'라고 그가 설법한 내용을 집대성한 《유마경維摩經》은 기록하고 있다.

그런 유마힐이 어느 날 병에 걸려 병석에 눕는다. 이 소식을 들은 부처는 제자들에게 바이샤알리 성으로 찾아가 유마힐을 문병토록 권유한다.

그러나 자신들의 수행 경지와 법력이 재가신도 유마힐에게 미치지 못한다는 것을 누구보다 잘 알고 있는 사리불舍利弗을 비롯한 가섭, 수보리 등 제자들은 한결같이 문병을 가는 것을 감당할 수 없다며 물러선다. 《유마경》은 십 대 제자들이 부처의 권유에도 불구하고 자신들이 유마힐의 설법에 말문이 막혔던 일을 솔직히 고백하며 손사래를 치는 모습들을 생생하게 표현하고 있다.

부처의 말을 따른 사람은 오직 문수사리文殊師利가 유일하다. 지혜의 상징으로 알려진 문수보살은 "세존이시여, 유마힐 성자를 저도 상대하기가 벅찹니다. 그는 실상實相의 이치를 깊이 통달하고 있어 가르침의 요지를 올바르게 설하며, 변설의 재능은 막힘이 없고 지혜는 걸림이 없습니다. 모든 보살에게 필요한 온갖 방편을 모두 알고 있을 뿐만 아니라 부처님의 비장秘藏 모두를 통달하고 있습니다. 또한 뭇 악마들을 물리치고 신통력을 자유로이 펼

치니 그의 지혜와 방편이 이미 정점에 다다랐나이다. 하지만 부처님의 성지聖旨를 받들어 그를 찾아가 문병하겠습니다."

곧바로 병문안을 간 문수사리가 유마힐의 집에 들어가 보니 방은 비워져 있었으며 평상에 유마힐만이 홀로 누워있었다.

문수사리가 유마힐에게 가까이 다가가 나지막한 소리로 물어 말하였다.

"거사님, 병환은 어떠하십니까? 치료하셔서 좀 차도가 있으신지요? 세존께서 간절하게 여러 번 안부 전하라 하셨습니다. 그런데 거사님, 어쩐 일로 이 병이 들으셨습니까? 병이 오래되셨습니까? 나을 수는 있는 병입니까?"

질문을 받은 유마힐은 불경 사상 가장 유명한 답변을 한다.

"일체 중생 모두가 병이 들어 나도 병이 들었습니다. 만약 모든 중생들에게서 병이 없어진다면 내 병도 없어질 것입니다. 마땅히 보살은 중생을 위해 생사生死에 들어가는 것이요, 생사가 있으면 병도 있게 마련이니, 중생이 병에서 벗어날 수 있다면 보살도 병이 없을 것입니다. 어떤 장자에게 외아들이 있다고 칩시다. 그러면 그 아들이 병

들면 그 부모도 병들고, 아들의 병이 나으면 부모의 병도
낫는 것이 당연하지 않겠습니까. 같은 이치입니다. 중생
이 병을 앓으면 보살도 병을 앓고, 중생의 병이 나으면 보
살도 병이 낫습니다."

유마힐의 대답은 이천오백 년이 지난 지금도 진리다.

유마힐이 병에 걸린 것은 중생들의 고통과 함께하기 위
함이다. 지금 달리고 있는 한 사람의 건강한 다리는 어디
선가 그를 대신해 휠체어에 앉은 장애인으로 현신現身한
유마힐 덕분이다. 지금 건강한 사람의 활력은 어디선가
앓고 있는 한 사람의 병 때문이다. 지금 웃고 있는 사람의
기쁨은 어디선가 그를 대신해서 울고 있는 사람의 슬픔
때문이다. 지금 부유하고 온갖 풍요를 누리고 있는 사람
은 어디선가 그를 대신하여 가난에 굶주리고 있는 사람
의 희생 때문이다. 지금 높은 권좌에 앉아 천하를 굽어보
고 호령하고 있는 사람의 권세는 어디선가 박해받고 고
문당하고 신음하고 있는 사람의 인내 때문이다. 지금도
신생아실에서 갓 태어난 갓난아이의 축복을 위해 어디선
가 한 사람이 숨이 끊어지면서 죽어가고 있다.

그러므로 지금 배부른 사람은 가난한 유마힐을 잊어서
는 안 되며, 지금 건강한 사람은 병든 유마힐을 잊어서는

© KIM J.M.

안 된다. 지금 웃고 있는 사람은 울고 있는 사람을 잊어서는 안 되며, 지금 칭찬받는 사람은 욕을 먹고 누명을 쓴 사람을 잊어서는 안 된다. 그들이 대신해서 굶주리고, 앓고, 슬퍼하며, 비난을 받고 있기 때문인 것이다.

눈먼 소경을 향해 '자기 죄도 아니고 부모의 죄 탓도 아니다. 다만 저 사람에게서 하느님의 놀라운 일을 드러내기 위함이다'라고 대답하면서 눈을 뜨게 한 기적을 베풀었던 예수가 이 지상의 가치관으로는 이해될 수 없는 '산상수훈山上垂訓'을 내린 것은 이런 놀라운 하늘나라의 영광을 선포하기 위함이다.

"가난한 사람들아 너희들은 행복하다. 하느님 나라가 너희의 것이다. 지금 굶주린 사람들아 너희는 행복하다. 너희가 배부르게 될 것이다. 지금 우는 사람들아 너희는 행복하다. 너희가 웃게 될 것이다."

요즘 매봉산은 신록의 절정이다. 눈부신 신록이 우거진 오솔길에는 각종 야생화들이 만발하여 황홀한 꽃밭이다. 날마다 산에 오르며 나는 릴케의 〈엄숙한 시간〉이란 시를 떠올린다. 소리를 내어 중얼거려 보기도 한다. 홀로 낭독회를 여는 풍유 시인처럼.

지금 이 세상 어디선가 울고 있는 사람은,

까닭 없이 울고 있는 그 사람은

나를 위해 울고 있는 것이다.

지금 한밤중에 어디선가 웃고 있는 사람은,

까닭 없이 웃고 있는 그 사람은

나를 두고 웃고 있는 것이다.

지금 이 세상 어디선가 걷고 있는 사람은,

까닭 없이 걷고 있는 그 사람은

나를 향해 걸어오고 있는 것이다.

지금 이 세상 어디선가 죽어가고 있는 사람은,

까닭 없이 세상에서 죽어가는 그 사람은

나를 응시하고 있는 것이다.

나는 만나고 싶다. 나를 위해 울고 있는 그 사람을 만나고 싶다. 울고 있는 그 사람의 젖은 얼굴을 감싸 안고 위로하며 함께 울고 싶다. 나를 두고 웃고 있는 그 사람을 만나서 그에게 웃는 이유를 묻고 함께 웃고 싶다.

나는 만나고 싶다. 나를 향해 걸어오고 있는 그 사람.

죽어가는 순간에도 나를 뚜렷이 응시하면서 숨을 거두고 있는 그 까닭 없는 사람을 만나고 싶다.

왜냐하면 그와 나는 둘이 아닌 하나이기 때문에.

벼랑 끝으로 오라

옛 중국의 선사 장사경잠長沙景岑이 어느 날 제자들에게 물었다.

"백 척이나 높은 작대기 끝에서 어떻게 하면 걸을 수가 있겠는가?"

제자들이 대답하지 못하자 스스로 대답했다.

"백 척이나 높은 작대기에 올라가 능히 앉을 수 있는 지경에 이르렀다 해도 진리에 이른 것은 아니다. 참 진眞에 이르기 위해서는 백척간두에서 다시 한 발자국 나아가 걸어보라. 그렇게 되면 시방세계(十方世界)의 모든 진리를 보게 되리라."

5년째 투병 생활을 하는 동안 육체의 고통보다 더 힘든 것은 끊임없는 걱정과 두려움이었다. 하루 24시간 매 순간이 마음의 고통이었다.

그러던 어느 날 문득 억울한 생각이 들었다. 지금 죽고 사는 백 척 작대기 위에 앉아 있다고 해도 이렇게까지 걱정과 두려움에 떨고만 있어서는 되겠는가. 도대체 무엇이 나를 이처럼 괴롭히는가. 죽음에 대한 공포도, 온갖 걱정도 아직 일어나지 않은 불길한 망상 때문인데, 어째서 일어나지도 않은 현상을 미리 가불해서 앞당겨 근심하고 있단 말인가.

나는 몇 날 며칠을 불안에 대한 정체를 직시해보려 했다. 성녀 소화 데레사는 이렇게 말했다.

"매 순간 단순하게 살지 않는다면 인내심을 갖기가 불가능할 것입니다. 저는 과거를 잊고 미래에 대해 생각하지 않으려고 무척 조심합니다. 우리가 실망하고 두려움을 느끼는 것은 과거와 미래를 곰곰이 생각하기 때문입니다. 매 순간 예수님의 가슴에 기대어 조용히 쉬지 않고 안달하면서 시간을 허비하는 것만큼 어리석은 짓은 없습니다."

우리의 불안과 두려움은 소화 데레사의 말처럼 과거와 미래에 대한 생각 때문이다. 과거의 마음을 얻으려 한다면 집착에 사로잡히게 될 것이며, 미래의 마음을 얻으려 한다면 욕망에 사로잡히게 될 것이다. 또한 현재의 마음을 얻으려 한다면 사리분별에 사로잡히게 될 것이다.

불교의 골수인 《금강경》에는 이런 명구가 나온다.

'과거의 마음도 얻을 수 없고, 현재의 마음도 얻을 수 없으며, 미래의 마음도 얻을 수 없다.'

그래서 선승 황벽黃檗은 이렇게 말했다.

"과거는 감이 없고, 현재는 머무름이 없고, 미래는 옴이 없다(前際無去 今際無住 後際無來)."

이에 대해 〈성경〉도 분명하게 못 박고 있지 않는가.

"(…) 그러므로 내일을 걱정하지 마라. 내일 걱정은 내일이 할 것이다. 그날 고생은 그날로 충분하다."(마태 6,34)

내가 내일을 걱정하고 두려워한다는 것은 전능하신 하느님의 자비를 믿지 못하기 때문이다. 빵을 달라는데 아버지께서 돌을 주시겠는가. 아들인 내가 생선을 달라는데, 뱀을 주시겠는가. 내가 두려워한다는 것은 아버지를 믿기보다 내 자신의 의지와 능력을 더 믿어 교만하기 때

문일 것이다. 아들의 머리카락까지도 낱낱이 다 세고 계신 아버지께서 내 날개를 꺾어 땅에 떨어뜨리겠는가.

백척간두에서 유일하게 사는 방법은 한 발자국 더 나아가는 일이며, 성난 파도를 잠재우고 아버지의 눈을 뜨게 하는 유일한 방법은 치마를 뒤집어쓰고 인당수의 깊은 바다에 몸을 던지는 길이다.

프랑스의 시인 아폴리네르Apollinaire는 이렇게 노래했다.

그가 말했다.
벼랑 끝으로 오라.
그들이 대답했다.
우린 두렵습니다.
그가 다시 말했다.
벼랑 끝으로 오라.
그들이 왔다.
그는 그들을 밀어버렸다.
그리하여 그들은 날았다.

과거를 걱정하지 마십시오.
그리고 내일을 두려워하지 마십시오.